Padre a la fuerza
Maureen Child

D1225568

Editado por Harlequin Ibérica.
Una división de HarperCollins Ibérica, S.A.
Núñez de Balboa, 56
28001 Madrid

I.S.B.N.: 978-84-9170-709-7
Depósito legal: M-30556-2017
Impresión en CPI (Barcelona)
Fecha impresion para Argentina: 3.7.18
Distribuidor exclusivo para España: LOGISTA
Distribuidores para México: CODIPLYRSA y Despacho Flores
Distribuidores para Argentina: Interior, DGP, S.A. Alvarado 2118.
Cap. Fed./Buenos Aires y Gran Buenos Aires, VACCARO HNOS.

Capítulo Uno

—El divorcio es la realidad —le dijo Reed Hudson a su cliente—. Es el matrimonio lo que es una anomalía.

Carson Duke, uno de los actores más aplaudidos de Estados Unidos, miró fijamente a su abogado antes de responder:

—Qué frío.

Reed negó con la cabeza. Aquel hombre estaba allí para terminar con un matrimonio que, para el resto del país, era como un cuento de hadas hecho realidad, y no quería aceptar la verdad. Reed ya había visto aquello muchas veces. La mayoría de las personas que acudían a él lo hacían decididos a terminar con un matrimonio que les resultaba incómodo, aburrido, o ambas cosas a la vez. Después había algunas que estaban allí, pero deseaban estar en cualquier otra parte del mundo, para poner fin a una relación que habían pensado que duraría para siempre.

Para siempre. Reed sonrió solo de pensarlo. Sabía por experiencia que no había nada que durase eternamente, ni en los negocios ni en el amor.

—Ya te he dicho que es la realidad —insistió.

—Pues qué duro —le contestó Carson—. ¿Has estado casado alguna vez?

Reed se echó a reír.

—Por supuesto que no.

La idea le parecía ridícula. Gracias a su reputación como abogado matrimonialista de las estrellas ninguna mujer se acercaba a él con vistas a casarse.

Le gustaba su trabajo, disfrutaba protegiendo a sus clientes de relaciones nocivas, y si había algo que había aprendido a lo largo de los años era que hasta el mejor de los matrimonios podía terminar fatal.

Aunque para darse cuenta de aquello había tenido suficiente con su propia familia. Su padre iba por la quinta esposa y vivía en Londres, mientras que su madre, junto a su cuarto marido, estaban en esos momentos disfrutando de Bali. Aunque, según había oído, su madre ya estaba pensando en un quinto marido. Gracias a aquello, Reed tenía diez hermanos con edades comprendidas entre los tres y los treinta y dos años, y a una más en camino gracias a la joven y, al parecer, fértil última esposa de su padre.

Él era el mayor y, por lo tanto, siempre era al que habían acudido sus hermanos cuando tenían un problema. Lo mismo que sus padres cuando necesitaban un divorcio exprés para casarse con el siguiente amor de su vida. Reed estaba acostumbrado a aquello y hacía tiempo que había aceptado su papel en el clan Hudson.

Miró a su último cliente y recordó los artículos y las fotografías que había visto acerca de Carson Duke y su esposa, Tia Brenna, durante el último año. Habían tenido un breve y apasionado romance que había culminado con una boda de cuento de hadas en un acantilado de Hawái, frente al Pacífico.

La prensa había puesto a la pareja como ejemplo de lo que era el amor verdadero y, no obstante, allí estaba Carson un año después, contratándolo a él para que lo representase en un divorcio que prometía ser tan mediático como la boda.

–Vamos a empezar –dijo Reed, mirando a Carson Duke, que parecía tan duro y frío como en sus películas de acción–. ¿Qué piensa tu esposa de todo esto?

Carson suspiró, se pasó una mano por el pelo y respondió:

–Ha sido idea suya. Ya llevamos una época mal –admitió en tono amargo–. Ella… ambos hemos decidido que lo mejor para los dos era terminar con el matrimonio antes de estar peor.

–Ya…

Duke parecía tranquilo, pero Reed había visto a muchos clientes llegar con la idea de una separación amistosa y terminar insultando a la expareja.

–Necesito saber… si estás viendo a otra persona. ¿Hay otra mujer? Antes o después lo voy a averiguar y es mejor para todos que me lo cuentes desde el principio, para que no haya sorpresas.

Carson se puso tenso, pero Reed levantó la mano para tranquilizarlo.

–Hay preguntas que voy a estar obligado a hacerte. Y, si eres listo, me vas a contestar.

Carson se removió en su silla, parecía furioso. Entonces, se puso en pie y respondió:

–No la he engañado. Ni Tia me ha engañado a mí.

Reed arqueó las cejas. Era la primera vez que oía a un cliente defender a su esposa.

–¿Estás seguro de eso último?

–Completamente.

–Entonces, ¿qué haces aquí? –preguntó Reed intrigado.

–Ya te he dicho que hemos dejado de ser felices juntos. Cuando nos conocimos fue… mágico. La atracción era muy fuerte y, además, nos pasábamos las noches hablando, riendo, haciendo planes, hablando de marcharnos de Hollywood y tener hijos… Pero durante los últimos meses, entre el trabajo y otros compromisos… Ya casi no nos vemos. Así que, ¿para qué seguir casados?

Reed no acababa de entenderlo, pero se dijo que, de todos modos, no era asunto suyo. Si Carson Duke quería un divorcio, tendría un divorcio. Aquel era su trabajo.

–De acuerdo, empezaré con el papeleo –le respondió–. ¿Tia no se opondrá?

–No, ya te he dicho que ha sido idea suya.

–Eso facilitará las cosas –admitió Reed.

–Supongo que eso es bueno –susurró Carson.

–Sí.

A Reed le cayó bien su nuevo cliente. Pensó que solo necesitaba que alguien lo guiase en un tema que le era desconocido.

–Confía en mí –le dijo–. No te recomiendo un divorcio largo y complicado, que llene periódicos todos los días.

–Si no puedo ni sacar la basura sin encontrarme a un fotógrafo subido a un árbol –se quejó Carson–. Ha merecido la pena venir hasta Malibú solo para librarme de ellos.

Reed también había pensado en mudarse a Los Ángeles varias veces, pero después había preferido quedarse allí. Había comprado un edificio antiguo, construido en 1890, y lo había reformado para instalar su bufete allí. Estaba a solo quince minutos de casa y justo enfrente de Newport Beach.

—En un par de días estarán preparados los documentos.

—No hay prisa, voy a quedarme unos días en el Saint Regis Monarch. He reservado una suite.

Reed vivía en una enorme suite del mismo hotel de cinco estrellas, y supo que era un buen lugar para que Carson descansase de Hollywood y de la prensa. Porque, antes o después, la noticia del divorcio se haría pública.

—¿Tú vives en el Monarch, no? —le preguntó Carson.

—Sí. Entonces, cuando tenga los documentos, te los haré llegar a tu habitación para que los firmes.

—Va a ser cómodo, ¿eh? —comentó Carson en tono amargo—. Por cierto, que me he registrado con el nombre de Wyatt Earp.

Reed se echó a reír. Los famosos solían dar nombres falsos en los hoteles para evitar que todo el mundo supiese dónde estaban.

—De acuerdo.

—Gracias —respondió Carson.

Reed lo vio marcharse y cuando la puerta de su despacho se cerró tras él, se levantó y fue hacia la ventana, a mirar el mar, como había hecho su cliente un rato antes. Había pasado por aquello tantas veces que sabía perfectamente lo que pensaba y sentía Carson. Había tomado la decisión de divorciarse y sentía una mezcla de alivio y pesar, y se preguntaba si estaría haciendo lo correcto.

Algunas personas se divorciaban con alegría, pero eran las menos. En general, a todo el mundo le dolía perder algo en lo que habían puesto su esperanza, con lo que habían soñado. Reed lo había visto en su propia familia una y otra vez. Sus padres, cada vez que se casaban, lo hacían pensado que sería la definitiva. La verdadera. Y que vivirían felices durante el resto de sus días.

—Y nunca ha sido así —murmuró, sacudiendo la cabeza.

Volvió a pensar que él había hecho lo correcto al no confundir jamás el deseo con un amor destinado a cambiarle la vida.

Volvió a su escritorio y empezó a redactar los papeles del divorcio de Carson Duke.

Lilah Strong condujo tranquilamente por la autopista del Pacífico. El paisaje era muy distinto al que ella estaba acostumbrada y pretendía disfrutarlo a pesar de estar furiosa. No le gustaba estar enfadada, tenía la sensación de que era una pérdida de tiempo. Sobre todo, porque a la persona con la que estaba furiosa no le importaba cómo se sintiese. Así que aquella ira solo le afectaba a ella… provocándole náuseas.

No obstante, saberlo no la calmó, así que intentó distraerse mirando hacia el mar.

Las vistas eran preciosas: el mar, los surfistas deslizándose hacia la costa, el sol brillando en la superficie azul, los barcos a lo lejos, niños haciendo castillos de arena en la orilla.

Lilah era más bien una chica de montaña, pero le gustó el Pacífico. Y si pudo disfrutar de él fue porque había mucho tráfico e iba muy despacio. Todavía estaban a mediados de junio e imaginó que en verano sería mucho peor, pero, por suerte, aquel ya no sería su problema.

Un día o dos y estaría de vuelta en sus montañas. La idea de dejar allí, en Orange County, a su acompañante, le encogió el corazón, pero no podía hacer nada al respecto. No tenía elección. Tenía que hacer lo correcto, aunque no le gustase.

Miró por el espejo retrovisor y dijo:

—Estás muy callada. Supongo que tienes mucho en lo que pensar. Sé cómo te sientes.

Ella también tenía la cabeza llena de cosas. Llevaba dos semanas pensando en aquel viaje a California y, una vez allí, todavía no sabía cómo iba a salir, pero no tenían escapatoria, ni ella, ni su acompañante del asiento trasero.

Le habría sido más fácil estando en su territorio. En el pequeño pueblo de Utah en el que vivía tenía amigos, personas con las que podía contar. Allí estaba sola.

Solo había tardado hora y media de vuelo en llegar, pero tenía la sensación de estar en la otra punta del mundo.

Aparcó, ayudó a su amiga a salir del coche y entró en el bufete con el estómago hecho un manojo de nervios. El edificio era de estilo victoriano, pero muy moderno por dentro. Le resultó frío y un tanto intimidante. Así que Lilah pensó que ya estaba predispuesta para que tampoco le gustase el hombre al que iba a ver allí. Se puso recta y se acercó a la recepción.

—He venido a ver a Reed Hudson, soy Lilah Strong.

La mujer de mediana edad que había detrás del mostrador las miró a las dos.

—¿Tiene cita?

—No. Vengo de parte de su hermana, Spring Hudson Bates —respondió ella—. Es importante y necesito verlo ahora mismo.

—Un momento —le dijo la recepcionista, levantando el teléfono y tocando un botón—. Señor Hudson, hay aquí una mujer que quiere verlo. Dice que viene de parte de su hermana Spring.

Dos segundos después, colgó y señaló hacia la escalera.

—El señor Hudson va a recibirla. Suba la escalera, la primera puerta de la izquierda.

—Gracias —respondió Lilah echando a andar con su acompañante.

Subió la escalera, se detuvo delante de una puerta doble, respiró hondo, tomó el pomo y la abrió.

Accedió a una zona pequeña, bien iluminada y con muebles elegantes, donde una mujer joven sonrió al verla llegar.

—Hola, soy Karen, la asistente del señor Hudson, usted debe de ser la señorita Strong. El señor Hudson la está esperando.

Karen se levantó y fue hasta otra puerta doble, que abrió antes de apartarse para dejar pasar a Lilah.

El despacho era enorme, sin duda, diseñado para impresionar e intimidar. «Misión cumplida», pensó ella. Detrás del escritorio había un enorme ventanal con vistas al mar y a la izquierda, otro ventanal con vistas a la autovía.

El suelo de madera brillaba tanto como en el resto del edificio. Había varias alfombras de aspecto caro y muebles de cuero oscuro. La decoración tampoco encajaba con un edificio de estilo victoriano, pero chocaba menos que la del primer piso. No obstante, Lilah se dijo que no estaba allí para criticar el trabajo de algún decorador de interiores, sino para enfrentarse al hombre que en esos momentos se ponía en pie.

–¿Quién eres? –inquirió este–. ¿Y qué sabes de mi hermana Spring?

Su voz profunda retumbó en la habitación como un trueno. Era alto y moreno, vestía un traje negro, camisa blanca y corbata roja. Tenía los hombros anchos y la mandíbula cuadrada, los ojos verdes, nada amables.

A Lilah no le importó, no había ido allí a hacer amigos. Reed Hudson intimidaba tanto como su elegante despacho, y era muy atractivo, pero aquello daba igual.

No obstante, Lilah se alegró de haberse arreglado, porque en casa solía estar sin maquillaje. Se había puesto unos pantalones negros, una camisa roja y una chaqueta corta también roja. Y botas de tacón. Estaba todo lo preparada que podía estar para aquel encuentro.

11

–Soy Lilah Strong –se presentó.

–Ya me lo han dicho –respondió él–, lo que no sé es qué haces aquí.

Ella respiró profundamente y se acercó con paso rápido a él, se acercó tanto que pudo oler su loción de afeitado, que le recordó al olor de los bosques de casa.

–Spring era mi amiga. Ese es el motivo por el que estoy aquí. Me pidió que hiciese algo por ella y no pude decirle que no. Por eso estoy aquí.

–De acuerdo.

Lilah se preguntó por qué tenía que ser tan atractivo. Y por qué tenía que sentirse atraída por él.

–¿Y siempre llevas a tu bebé a todas partes?

Ella levantó la barbilla y miró al bebé que descansaba en su cadera izquierda. Aquella era la razón por la que se había marchado de casa y estaba delante de aquel hombre con la mirada tan fría. De no haber sido por ella, no estaría en el despacho de Reed Hudson con un nudo en el estómago.

Rosie aplaudió y gritó. Lilah sonrió, pero volvió a ponerse seria al ver el gesto del hombre que la observaba.

–Rose no es mi bebé –respondió–. Es tuyo.

Capítulo Dos

Reed se puso alerta al instante.

Aquella mujer que lo miraba con desprecio era muy guapa, pero era evidente que estaba loca.

A lo largo de los años, varias mujeres habían intentado convencerle de que estaban esperando un hijo suyo, pero él siempre había tenido cuidado, así que había podido deshacerse de ellas con facilidad. Y con aquella mujer no había estado nunca. Estaba seguro, no era una mujer fácil de olvidar.

–Yo no tengo hijos –replicó–. Así que, si eso es todo, ya puedes marcharte por donde has venido.

–No esperaba otra cosa de un hombre como tú –contestó ella.

–Un hombre como yo. ¿Y qué sabes de mí?

–Sé que eres el hermano de Spring y que no estuviste ahí para ayudarla cuando te necesitó –le contestó, furiosa–. Y que a pesar de que la niña es justo igual que tu hermana, no se te ocurre hacer ninguna pregunta.

Él frunció el ceño.

–Mi hermana.

–Eso he dicho. Se llama Rose y es la hija de Spring.

La niña aplaudió al oír su nombre.

–Eso es, Rosie. Eres igual que tu mamá, ¿verdad?

La pequeña volvió a aplaudir y se echó a reír. Y mientras las dos se sonreían, Reed las estudió con la mirada. «La hija de Spring». En esos momentos, más relajado, pudo ver el parecido de la niña con su hermana. Tenía el pelo fino, negro y rizado, el rostro redondo y los ojos verdes y brillantes como dos esmeraldas, como los de Spring.

Y como los suyos propios.

Entonces lo supo, supo qué a su hermana le había pasado algo. Si no, jamás en la vida habría dejado a su hija.

Y era evidente que la niña era una Hudson. Spring había tenido una hija y él no se había enterado. En esos momentos entendió el enfado de aquella mujer y que lo hubiese acusado de no haber estado ahí cuando Spring más lo necesitaba. Se dijo que si Spring hubiese acudido a él, la habría apoyado. No entendió que no le hubiese pedido ayuda. Toda la familia acudía a él. ¿Por qué no lo había hecho Spring?

Entonces recordó la última vez que había visto a su hermana pequeña. Hacía más de dos años. Le había pedido que la ayudase a obtener un avance de su fondo fiduciario. Había estado enamorada. Otra vez.

Y también recordaba su propia reacción. Spring siempre había sido muy positiva, nunca había querido ver que había personas que no merecían su lealtad ni su cariño.

Había sido la tercera vez que se enamoraba, una vez más, de un hombre con pocos principios, poca ambición y todavía menos dinero. Reed siempre había pensado que su hermana creía que podía salvarlos, pero nunca le había salido bien.

En aquella ocasión, cuando Spring había ido a verlo ya había estado avisado. Savannah, otra de sus hermanas, había conocido al novio de Spring y había llamado a Reed preocupada. Él lo había hecho investigar y había descubierto que tenía antecedentes penales. No obstante, Spring no había querido escuchar sus advertencias, había insistido en que Coleman Bates había cambiado y merecía una segunda oportunidad.

Reed recordaba claramente haberle dicho que aquel tipo ya había tenido una segunda oportunidad, incluso una tercera, y que no había cambiado, pero Spring había estado enamorada y no había querido escucharlo. En esos momentos, con la hija de su hermana delante, Reed frunció el ceño, recordó haberle dicho a su hermana que madurase y que no pensase que él le iba a solucionar siempre los problemas. Spring se había marchado de allí dolida y enfadada. Así que, al parecer, cuando lo había necesitado de verdad no había vuelto a llamarlo. Y ya era demasiado tarde.

Reed se sintió culpable, pero se dijo que eso ya no podría ayudar a Spring, ni mitigar el dolor de su pérdida. Había hecho lo que había pensado que era mejor para ella y en esos momentos ya solo le quedaba buscar respuestas.

—¿Qué le ha pasado a Spring?

—Falleció hace dos meses.

Reed apretó los dientes. Lo había imaginado, pero oírlo fue más doloroso. Se pasó una mano por el rostro y después volvió a clavar la vista en el bebé. Después, miró a Lilah a los ojos azules.

—Vaya, es una noticia muy dura.

Spring era su hermanastra por parte de padre, cinco años más joven que él. Siempre había sido una chica alegre y confiada.

—Lo siento. No tenía que habértelo dicho de manera tan brusca.

Él sacudió la cabeza y la miró a los ojos. Eran muy azules, casi violetas. Y brillaban con comprensión. Una comprensión que él ni quería ni necesitaba. Su dolor era cosa suya. No iba a compartirlo con nadie, mucho menos con una extraña.

—Es imposible suavizar una noticia así —añadió para disimular su agitación interna.

—Tienes razón. Tienes razón.

Reed se dio cuenta de que también había dolor en la mirada de Lilah, mezclado con ira.

Aquello le interesó mucho más que su comprensión.

—¿Qué le ocurrió a mi hermana?

—Fue un accidente de tráfico —respondió Lilah—. Alguien se saltó un semáforo en rojo…

—¿Un conductor ebrio?

—No. Un señor mayor sufrió un infarto. Y falleció también.

Así que no había nadie a quien imputar la responsabilidad. Nadie con quien sentirse furioso. A quien culpar. Reed se sintió impotente.

—Y dices que fue hace dos meses —añadió en voz baja—. ¿Por qué has venido a verme ahora?

—Porque no sabía de tu existencia —contestó, mirando a su alrededor—. Tengo que cambiar a la niña. ¿Te importa si nos trasladamos al sofá?

—¿Qué?

Lilah ya iba en dirección al sofá de cuero negro. Antes de que a Reed le diese tiempo a responder, había tumbado a la pequeña y había buscado todo lo necesario en el bolso que llevaba colgado del hombro.

Él se limitó a observar cómo cambiaba el pañal, aturdido. Y entonces Lilah le dio el pañal sucio.

—¿Y qué se supone que tengo que hacer con esto? —preguntó Reed.

Ella sonrió a regañadientes, y a Reed le gustó la expresión.

—Yo… lo tiraría a la basura.

Él se sintió como un tonto. Por supuesto. Miró su pequeña papelera y después fue hasta la puerta y le dijo a su secretaria:

—Tira esto.

—Sí, señor —respondió Karen, tomando el pañal como si fuese un artefacto explosivo.

Cuando la puerta volvió a estar cerrada, Reed miró al bebé, que estaba de pie frente a la mesa de café, golpeando su superficie con ambas manos y riendo. Sacudió la cabeza, volvió a pensar en Spring y sintió una punzada de dolor.

—¿Y dices que no sabías de mi existencia hasta ahora? —le preguntó a Lilah.

Ella se apartó un mechón de pelo rojizo de la cara y lo miró mientras guardaba los productos de cuidado del bebé.

–Hasta la semana pasada no supe que Spring tenía familia. Nunca me habló de ti, ni de ningún otro familiar. Pensé que estaba sola.

Eso le dolió a Reed todavía más. Pensó que tenía que haber sido más amable y comprensivo con ella.

–Dejó dos cartas –continúo Lilah, ofreciéndole un sobre–. Yo he leído la mía. Esta es la tuya.

Reed lo aceptó, vio que seguía cerrado y que la letra era de su hermana. Miró a la niña, que parecía contenta, abrió el sobre y sacó una hoja de papel.

Reed, si estás leyendo esto es que estoy muerta. Qué raro me resulta. El caso es que si Lilah te da esta carta también te habrá llevado a mi hija. Quiero pedirte que cuides de ella, que la quieras, que la eduques. Sé que podría pedírselo a mamá o a una de mis hermanas pero, con toda sinceridad, pienso que eres la única persona de nuestra familia con la que realmente puedo contar.

Aquello le impresionó, teniendo en cuenta que la última vez que se habían visto él no la había ayudado. Apretó los dientes y continuó leyendo la carta.

Rosie te necesita, Reed. Y confío en que harás lo correcto, como lo haces siempre. Lilah Strong ha sido mi amiga y mi familia durante casi dos años, así que sé cariñoso con ella. También ha sido como una segunda madre para Rosie, de manera que podrá responder a cualquier duda que tengas y te será de gran ayuda.

Como siempre, tenías razón acerca de Coleman. Me dejó en cuanto me quedé embarazada pero, antes, le hice renunciar a sus derechos sobre Rosie.

Te quiero, Reed, y sé que Rosie te querrá también. Así que gracias por adelantado… o desde la tumba. Lo que sea.

Spring

Él no supo si sonreír o gritar. La carta era como había sido su hermana, alegre y natural a pesar del tema tratado.

Dobló el papel con cuidado y lo volvió a meter en el sobre antes de mirar de nuevo a la hija de Spring. Era evidente que la niña estaba bien cuidada, que era una niña querida… feliz.

Y de él dependía que continuase así. Era su deber. Sabía lo que Spring esperaba de él, pero no tenía ni idea de cómo ocuparse de un bebé.

—Hay pánico en tus ojos.

—Imposible.

—Pues, a juzgar por tu expresión, yo diría que desearías que Rosie y yo no estuviéramos aquí.

A Reed no le gustó que Lilah pudiese leer tan fácilmente su expresión, siempre le habían dicho que su cara de póker era de las mejores del negocio. Que una mujer guapa y una niña le hubiesen hecho perderla era una lección de humildad, pero eso no se lo iba a decir a Lilah.

—Te equivocas. Solo me preguntó qué voy a hacer ahora.

Reed siempre tenía un plan. Un plan alternativo.

Y otro plan por si fallaba el plan alternativo, pero, en esos momentos, estaba perdido.

—¿Que qué vas a hacer? —le preguntó ella, sonriendo al bebé antes de mirarlo a él con seriedad—. Vas a cuidar de Rosie.

—Eso es evidente, pero no estoy preparado para cuidar de un bebé.

—Nunca se está —admitió Lilah—. La llegada de un bebé siempre desbarata incluso el mejor plan.

—Estupendo.

Rosie gritó con tanta fuerza que a Reed le dolieron los oídos.

—Eso no puede ser normal.

Lilah se echó a reír.

—Es un bebé feliz.

Luego inclinó la cabeza y lo miró fijamente.

—Cuando me enteré de que Spring tenía familia, me informé un poco. Sé que sois muchos hermanos, así que debes de estar acostumbrado a los niños.

A él le molestó que Lilah hubiese indagado sobre él, aunque sabía que muchos clientes potenciales lo hacían también.

—Sí, muchos hermanos, a los que veo como mucho una o dos veces al año.

—Entonces, no es una familia unida —reflexionó ella.

—Se podría decir así… —admitió Reed—, pero mi familia no importa ahora. Ahora lo que tengo es un problema que solucionar.

Lilah suspiró.

—No es un problema, es un bebé.

–Pero también es mi problema.

La cuidaría, la criaría, como su hermana había querido, pero antes tenía que organizarse. Había hecho fortuna, había sobrevivido en aquella familia tan complicada teniendo un plan y ciñéndose a él. Y el plan en esos momentos incluía buscar ayuda para cuidar de la hija de Spring.

Él trabajaba muchas horas e iba a necesitar que alguien se ocupase de las necesidades básicas del bebé. Le llevaría tiempo encontrar a la mejor niñera posible. Así que el problema en esos momentos era qué hacer hasta que encontrase a la persona adecuada.

Clavó la vista en Lilah Strong. Y consideró la situación. Ella ya conocía al bebé, lo quería. Y aunque todavía parecía enfadada con él, eso no importaba. Lo que importaba era acomodar al bebé. Y Reed tenía la sensación de que podría convencer a aquella mujer para que lo ayudase. Si le ofrecía el dinero suficiente para compensarla por su tiempo.

–Tengo una propuesta que hacerte.

Ella lo miró primero con sorpresa, después, con cautela.

–¿Qué clase de propuesta?

–Una que implica mucho dinero –le respondió, acercándose de nuevo al escritorio y sacando una chequera del último cajón–. Quiero contratarte durante un tiempo, para que cuides del bebé…

–Se llama Rosie…

–Bien. Para que cuides de Rosie hasta que yo encuentre a una niñera a tiempo completo.

Tomó un bolígrafo y la miró fijamente.

—Te pagaré lo que me pidas.

Ella se quedó boquiabierta y después se echó a reír mientras sacudía la cabeza.

—Cincuenta mil dólares –añadió Reed entonces.

—¿Cincuenta mil? –repitió ella con incredulidad.

—¿No es suficiente? De acuerdo, cien mil.

Habría ofrecido menos, pero aquello era una emergencia y no podía admitir que Lilah le dijese que no.

—¿Estás loco?

—En absoluto. Pago por lo que necesito cuando lo necesito. Y te aseguro que voy a tardar al menos una o dos semanas en encontrar a la niñera adecuada. Por eso estoy dispuesto a comprar tu ayuda.

—Yo no estoy en venta.

Reed sonrió. Había oído aquello muchas veces, antes de encontrar la cantidad adecuada. Todo el mundo tenía un precio, solo había que averiguar cuál.

—No pretendo comprarte –le aseguró Reed–, solo contratarte durante una o dos semanas.

—Tienes arrogancia suficiente para dos o tres personas –comentó ella.

Reed se puso recto y la miró con severidad.

—No es arrogancia. Se trata de hacer lo que hay que hacer. Y puedo hacerlo con tu ayuda, lo que te permitirá seguir formando parte de la vida de la niña…

—Rosie.

Él asintió.

—Puedes quedarte y asegurarte de que la persona a la que contrato es la correcta para el trabajo o puedes marcharte a casa ya.

Reed estaba convencido de que Lilah no se marcharía hasta estar completamente segura de que dejaba al bebé en buenas manos. Lo podía ver en su cara. Estaba a la defensiva. Y Reed Hudson siempre conseguía lo que quería. En esos momentos, a Lilah Strong.

Era evidente que esta seguía furiosa con él, fuese cual fuese el motivo, pero no estaba preparada para separarse del bebé todavía. Necesitaba asegurarse de que Rosie estaría bien.

Así que era evidente que Lilah Strong iba a hacer todo lo que él quisiera.

—Me quedaré –le respondió por fin, sin apartar la mirada del bebé– hasta que vea que has encontrado a la niñera adecuada.

Entonces, miró a Reed.

—Pero no quiero que me pagues. No estoy en venta. Lo haré por Rosie, no por ti.

Él contuvo una sonrisa.

—Bien. Ahora me temo que tengo varias reuniones esta tarde. ¿Por qué no vas con el… con Rosie a mi casa? Yo estaré allí sobre las seis.

—De acuerdo. ¿Dónde vives?

—Mi secretaria, Karen, te dará los detalles.

Se miró el reloj de platino que llevaba en la muñeca.

—Entendido, estás ocupado –dijo Lilah, echándose el bolso al hombro y agachándose después para tomar al bebé en brazos–. Hasta luego. Ya hablaremos de todo esto más tarde.

—De acuerdo –dijo él, intentando disimular su satisfacción.

Al pasar por su lado Reed pensó que oía a limón,

a limón y a salvia. Era un olor tan tentador como la propia mujer.

La vio marcharse y la recorrió con la mirada de arriba abajo, desde la melena rojiza, pasando por su magnífico trasero. Y su cuerpo deseó cosas que solo podían complicar todavía más aquella difícil situación.

Aunque saberlo no disminuyó el deseo.

–¿Vives en un hotel? –le preguntó Lilah nada más ver a Reed entrar por la puerta aquella tarde.

Llevaba horas paseándose por la enorme suite, sorprendida por el lujo y la idea de que alguien pudiese vivir en un hotel. Era cierto que su madre y su padrastro vivían en un barco y cambiaban constantemente de país, y a ellos les divertía, aunque Lilah sabía que se habría vuelto loca.

Pero ¿vivir en un hotel? Con la de casas que había para escoger. ¿Quién vivía en un hotel? Al parecer, algunas estrellas de cine, pero Reed Hudson era abogado. Un abogado muy rico, eso sí, pero ¿no quería vivir en una casa? A ella un hotel le parecía muy impersonal.

No obstante, la habitación estaba llena de fotografías de lo que debían de ser miembros de su familia, por lo que no estaba tan alejado del clan Hudson como decía. Eso la hizo sentirse mejor y peor al mismo tiempo.

Mejor porque Rosie tendría más familia que aquel hombre frío y distante, pero peor porque, si a Reed le importaba su familia, ¿por qué no había acudido a ayudar a Spring cuando esta lo había necesitado?

Reed cerró la puerta a sus espaldas y se quedó allí, mirándola. Sus ojos verdes la estudiaron con tal intensidad que Lilah se imaginó cómo se sentirían los testigos de la otra parte cuando los interrogase.

—¿Tienes algún problema con mi habitación? —preguntó, metiéndose las manos en los bolsillos del pantalón.

—Es un lugar precioso y lo sabes.

El salón estaba decorado con dos sillones amarillos, situados frente a un sofá azul cielo, todo muy mullido y apetecedor. Las mesas eran de madera color miel y las alfombras, de tonos suaves. Había un comedor de roble, un bar bien provisto, varias tumbonas color crema en la terraza. La suite contaba con dos dormitorios decorados en tonos crema y verde, y los baños eran muy lujosos, los dos con enormes bañeras y duchas llenas de chorros para todo el cuerpo.

Desde la terraza las vistas al mar eran espectaculares. El hotel en sí parecía un castillo situado en el centro de una ciudad de playa, y no se parecía en nada a su cabaña en las montañas.

Su cabaña era mucho más pequeña que aquella suite, pero las vistas también eran preciosas, al lago y a las montañas, y a una pradera que en primavera se llenaba de flores silvestres e incluso había un ciervo que iba a pastar. Allí Lilah sentía que estaba en un lugar extraño, no estaba cómoda. Y eso no era bueno, sobre todo, teniendo que lidiar con un hombre como Reed Hudson.

–¿Dónde está el bebé? –preguntó este, mirando a su alrededor.

–Rosie está durmiendo en la cuna que me ha proporcionado el hotel.

Se preguntó cómo iba a ser Reed el padre de la niña, si ni siquiera era capaz de pronunciar su nombre.

–Bien.

Reed se quitó la chaqueta, la dejó en el respaldo de una silla y fue hacia el bar que había junto a la chimenea. Mientras tomaba una botella de whisky, se aflojó la corbata y se desabrochó el primer botón de la camisa. Lilah no supo por qué le resultaba tan sexy aquel gesto.

–Llamé para informar a Andre que veníais de camino y para que se ocupase de que tuvieseis todo lo que pudieseis necesitar.

–Andre –repitió ella, recordando la sorpresa que se había llevado cuando se había encontrado con un mayordomo en la puerta– ha sido estupendo. Ha hecho todo lo posible por ayudarnos y a Rosie le ha caído fenomenal, pero yo no me puedo creer que esta suite venga con mayordomo incluido.

Él sonrió de medio lado.

–Andre es mucho más que un mayordomo. En ocasiones, tengo la sensación de que es capaz de hacer milagros.

–Yo estoy convencida –dijo Lilah–. Ha conseguido la cuna y hay toda una selección de comida para bebé en la despensa. También ha traído un osito de peluche azul que le ha encantado a Rosie.

Reed sonrió y a Lilah le afectó aquella sonrisa incluso desde la otra punta de la habitación.

—¿Quieres una copa?

Ella pensó en rechazarla, simplemente porque no quería relajarse estando tan cerca de él, pero después del día que había tenido…

—Si tienes vino blanco…

Reed asintió, sacó la botella de vino de la nevera y le sirvió una copa. Después llevó las bebidas hasta el sofá, se sentó y esperó a que Lilah se instalase a su lado para darle el vino.

Lilah le dio un sorbo e intentó tranquilizarse. Estar tan cerca de Reed Hudson le ponía nerviosa. Todavía tenía en su interior la ira de las últimas semanas, aunque en esos momentos tuvo que admitir que no era solo rabia lo que sentía.

Le dio otro sorbo a su copa y se recordó el motivo por el que estaba allí.

—¿Por qué estás tan decidido a criar a Rosie? —le preguntó, rompiendo el silencio.

Él estudió el contenido dorado de su copa, dio un sorbo y después respondió:

—Porque me lo ha pedido Spring.

—Así, sin más.

—Así, sin más —respondió él, mirándola a los ojos—. El bebé… Rosie, es una Hudson. Es parte de la familia y yo cuido de mi familia.

—¿Y eso es suficiente para cambiar toda tu vida?

Él sonrió un instante.

—La vida cambia constantemente. Con una familia como la mía, nada es siempre igual.

—De acuerdo, pero… No pienso que vivas en el lugar adecuado para criar a un bebé.

—Lo sé. Y ese es uno de los motivos por los que estás aquí. Tú tienes más experiencia con bebés que yo. Así que sabrás cómo adecuar este sitio de manera temporal.

—¿De manera temporal?

—Evidentemente. Necesito una casa —le explicó él—. Hasta ahora, estaba bien en el hotel, con servicio de mayordomo, servicio de habitaciones veinticuatro horas…

—Suena bien —admitió, aunque ella no se imaginaba viviendo en un ambiente así mucho tiempo.

—Pero un bebé cambia las cosas —continuó Reed.

—Sí, eso es cierto.

Reed se puso en pie de manera brusca y le tendió la mano.

—¿Qué pasa? —preguntó ella.

—Ven conmigo un momento.

Ella le dio la mano e intentó ignorar el cosquilleo que le recorría todo el cuerpo. Él lo sintió también, pero se le daba mucho mejor disimular.

La sacó a la terraza, estaba anocheciendo.

—No puedo quedarme aquí —dijo Reed en voz baja—. Rosie va a necesitar un jardín. Una terraza tan alta no es lugar adecuado para una niña.

Lilah miró hacia abajo y se estremeció. Ella había pensado lo mismo al ver la terraza, y se alegraba de que Reed se hubiese dado cuenta solo.

—Así que has decidido que vas a comprar una casa.

—Sí. Encontraré algo este fin de semana.

Ella se echó a reír.

—¿Tan fácil es todo?

—No es fácil —respondió él, mirándola a los ojos—, pero si quieres algo, tienes que ir a por ello.

Capítulo Tres

Por extraño que pareciese, Lilah podía entender aquello. Era evidente que no podía comprar una casa de un día para otro, pero sí creía que la actitud ante la vida era importante. Uno debía intentar conseguir siempre lo que quería y no rendirse hasta tenerlo.

Al fin y al cabo, también era el lema de su vida.

Pero le resultó extraño estar de acuerdo con un hombre al que, desde el principio, se había predispuesto a odiar. No obstante, por furiosa que se sintiese con él, tenía que admitir que Spring había querido dejar a Rosie a su cuidado. Y eso tenía que significar algo.

Spring había querido a su hija más que a nada en el mundo. Así que Lilah tenía que dar por hecho que Reed Hudson era mucho más de lo que ella había visto hasta el momento. Spring no habría querido que Reed cuidase de su hija si no le hubiese creído capaz de quererla.

Lilah se dijo que tal vez debiese darle una oportunidad.

—¿Y cómo va a encajar Rosie en tus planes? —le preguntó.

Él la miró y Lilah no pudo evitar sentir deseo, reacción que no le gustó. No quería sentirse atraída por aquel hombre.

—Rosie es mía ahora —dijo él en tono frío.

Lilah se dijo que era lo mejor, pero no pudo evitar que se le partiese el corazón. Había querido a Rose desde su nacimiento. Había estado en el parto y había tenido a la niña en brazos nada más nacer. Y, desde la muerte de Spring, no se había separado de ella, así que tener que dejarla allí le estaba rompiendo el corazón.

—Cuidaré de ella —añadió Reed—, como Spring me ha pedido.

—Bien —murmuró Lilah—. Eso está muy bien.

—Sí, te veo muy contenta.

Ella se encogió de hombros.

—Supongo que no tiene sentido fingir.

—No. Es mucho mejor decir la verdad, evita muchos problemas.

—¿Y tú estás seguro de que eres abogado?

—¿No te gustan los abogados?

—¿Le gustan a alguien?

—Tienes razón, aunque mis clientes terminan apreciándome bastante.

—Seguro que sí —murmuró Lilah.

Él frunció el ceño y después preguntó:

—Entonces, ¿odias a todos los abogados en general o solo a mí en particular?

—No te conozco lo suficiente para odiarte —admitió ella—, pero ya no me caías bien antes de venir aquí.

—Eso es evidente.

A Lilah no le gustaba ser tan ruda, pero no podía evitarlo.

–Es que, perder a Spring primero y tener que separarme de Rosie ahora...

Él se quedó pensativo antes de contestar.

–Lo comprendo. Aprecio mucho la lealtad.

–Yo también –dijo Lilah, pensando que por fin tenían algo en común.

–He hablado con nuestros padres –comentó Reed, cambiando de tema–. Bueno, con nuestro padre y con la madre de Spring.

Lilah pensó que era una familia muy extraña. No sabía que Spring perteneciese a una familia tan conocida hasta después de su muerte. Ella había adoptado el apellido de su último marido, Bates, así que Lilah no había pensado que se iba que tener que enfrentar a la poderosa familia Hudson.

Y aquello la preocupaba. Spring había querido que Reed, y no sus padres, criase a la niña.

–¿Y qué te han dicho?

–Lo que esperaba oír de ellos –admitió Reed, haciendo una mueca–. Mi padre me ha recordado que ya tiene un niño de tres años en casa y que su mujer está a punto de dar a luz de nuevo.

A Lilah le sorprendió oír que Reed tuviese hermanos de tan corta edad, debía de ser una sensación extraña.

–Y Donna, la madre de Spring, me ha dicho que no tiene ningún interés en ser abuela. Y que no quiere que nadie se entere de que lo es.

–No es una mujer muy maternal, ¿no?

–No. Mi padre siempre ha tenido un gusto interesante en lo relativo a las mujeres. En fin, que les he dicho a los dos que Spring me ha dejado a mí a cargo de la niña, y que solo les he llamado para contárselo.

Lilah no pudo evitar sentirse aliviada.

—Así que, en resumen, te dejan a Rosie a ti.

Él la miró fijamente.

—Yo jamás les habría entregado a la niña, ni aunque la hubiesen querido.

Aquello la sorprendió. Lilah había pensado que Reed habría preferido deshacerse del bebé.

—¿Por qué?

Reed frunció el ceño, dio un sorbo a su copa y respondió:

—Para empezar, porque Spring me ha pedido a mí que cuide de su hija.

Lilah asintió.

—¿Y qué más? ¿Qué es lo que no me estás contando?

Él apretó los labios.

—¿Tus padres siguen juntos?

—Estuvieron juntos hasta que mi padre murió en una avalancha, hace cinco años —respondió Lilah.

—Lo siento.

—Sí —dijo ella, todavía dolida por la pérdida—. Aunque mi madre conoció a alguien hace un par de años. Es un hombre muy agradable y la hace feliz. Se casaron el año pasado y ahora están siempre viajando.

Stan estaba jubilado y había vendido su negocio por mucho dinero diez años antes. Había conocido a la madre de Lilah en un viaje a la nieve, en Utah, y había sido amor a primera vista. Y si bien a ella le había resultado muy difícil aceptar que su madre pudiese amar a otro hombre que no fuese su padre, no podía negar que Stan hacía muy feliz a su madre.

Reed la miró con curiosidad.

–¿Viajando, adónde?

–Por todas partes –respondió Lilah riendo–. Viven en un barco y van de puerto en puerto. Y, al parecer, lo pasan estupendamente.

Reed sonrió y la miró.

–Te ha sorprendido que yo viva en un hotel, pero tu madre vive en un barco.

Ella se encogió de hombros.

–Un hotel está en tierra firme. Hay casas cerca. Un barco es diferente.

–Lógicamente.

–En fin –dijo él, volviendo a girar el rostro hacia el mar–, que mi familia es diferente. Les gusta tener hijos, pero no les gusta tenerlos cerca. Los Hudson siempre utilizan a niñeras, gobernantas e internados para lidiar con ellos.

Antes de que a Lilah le diese tiempo a decir nada al respecto, Reed continuó:

–Spring lo odiaba. Para ella, estar en un internado era una especie de tortura. ¿Cómo iba a dejar a Rose con unas personas que harían con ella lo mismo que hicieron con su madre? No.

Lilah tuvo la sensación de que el duro y frío abogado desaparecía, y no supo qué pensar del hombre que tenía delante.

–Tú has accedido a quedarte aquí –le dijo Reed.

–Un tiempo, sí.

34

Lo hacía por Rosie. Se quedaría hasta estar segura de que la niña estaba bien. Feliz. Había cerrado temporalmente la tienda de jabones artesanales que tenía y podía llevar el negocio por internet, así que no tenía prisa por volver a casa.

Reed había querido pagarle para que se quedase, no se daba cuenta de que iba a tener que pagarle para que se fuese.

—En ese caso, me ayudarás a elegir casa —le dijo Reed, terminándose la copa—. Y a amueblarla. Yo no tengo tiempo para un decorador.

—¿Quieres que...? —empezó ella, sorprendida.

—¿No os gusta ir de compras a todas las mujeres?

—Ese es un comentario muy sexista —replicó ella, riendo.

—Denúnciame. ¿Estoy equivocado?

—No, pero no es eso.

—Sí que es eso. Tendrás carta blanca —la tentó—. Podrás elegir los muebles que quieras, para que sea un lugar adecuado para el bebé.

¿Cómo podía negarse Lilah a elegir la casa en la que iba a crecer Rosie? Además, estaba segura de que si ella no intervenía, Reed decoraría toda la casa en blanco y negro.

—¿Carta blanca? —repitió.

—Eso he dicho.

—Entonces, te parece bien que utilice muchos colores.

—¿Cuántos son muchos?

Su gesto de preocupación la hizo sonreír.

—Me has dado carta blanca —le recordó.

Comprar una casa no era difícil estando dispuesto a pagar el precio que hiciese falta para conseguirla. La agente inmobiliaria pronto se dio cuenta de que a la que tenía que convencer era a Lilah, y Reed pudo limitarse a disfrutar del espectáculo. Tenía que admitir que Lilah era puntillosa, pero sabía lo que quería y no se dejaba engañar.

En general, toda ella le resultaba interesante. Lilah todavía no confiaba en él y seguía estando un poco enfadada, pero a Reed no le importaba. La mayoría de las mujeres a las que conocía solo se limitaban a sonreírle, a reír sus chistes y a suspirar cuando las besaba.

Era extraño que a él le intrigase justo Lilah, a la que no parecía importarle lo que pensase de ella.

Iba vestida con una camisa blanca de manga larga, unos pantalones vaqueros azules que le sentaban muy bien y botas de tacón negras, iba elegante, pero informal. Su melena rojiza le caía hasta mitad de la espalda, y Reed deseó poder enterrar los dedos en ella.

Entonces recordó que también le había gustado la noche anterior, vestida solo con un camisón azul claro que le llegaba a mitad del muslo.

Se había despertado al oír llorar a un niño y se había dado cuenta de que aquella era su nueva realidad. Rose era suya, y él siempre cuidaba de lo suyo.

Había entrado en el dormitorio que compartían Rose y Lilah después de llamar suavemente a la puerta y había visto a Lilah bajo la luz de la luna, con Rose pegada al pecho, balanceando a la niña y susurrándole cosas que Reed no había alcanzado a comprender.

–¿Va todo bien? –había preguntado, susurrando él también.

–Solo está un poco asustada –había respondido Lilah–. Porque está en un lugar nuevo.

Reed, que solo llevaba puestos unos pantalones de pijama, se había acercado y había tomado a Rose en brazos.

Por un instante, había tenido la sensación de que la niña iba a protestar, pero lo había mirado fijamente y, con un suspiro, había apoyado la cabecita en su hombro.

Aquello había hecho que Reed se derritiese por dentro y en aquel momento había sabido que haría todo lo que estuviese en su mano para cuidarla.

Entonces había mirado a Lilah a los ojos y se había dado cuenta de que esta lo observaba. Estaba despeinada, había cautela en su mirada y se había cruzado de brazos, haciendo que se le marcasen los pechos.

–Siento que te haya despertado.

–Yo no –le había respondido Reed–. Tenemos que acostumbrarnos el uno al otro, ¿no?

–Supongo que sí.

Lilah había alargado una mano para acariciar la cabeza morena de Rosie.

–Suele dormir bien, pero hemos roto su rutina.

–Pronto tendrá una nueva.

–¿Tú piensas que estás preparado para eso? –le había preguntado.

Él había mirado a la niña, que se había quedado dormida en su hombro.

–Lo estaré.

Y en el silencio de la noche, con un bebé dormido entre ambos, Lilah y Reed se habían mirado.

Reed se había preguntado entonces, como se preguntaba en aquel preciso instante, si Lilah había sentido la atracción que había entre ambos.

Lilah estaba inspeccionando meticulosamente la cocina de la quinta casa que habían visitado aquella mañana. Salió a un patio enladrillado, con la agente inmobiliaria pegada a sus talones. Reed salió también.

–Me gusta que haya una valla alrededor de la piscina –comentó Lilah.

–Toda la casa tiene sistema de seguridad. La valla de la piscina también cuenta con control parental que puede activarse desde el garaje o desde la casa.

–¿Seguridad? ¿Es que no es un barrio seguro? –preguntó Lilah.

La agente inmobiliaria palideció y Reed sonrió.

–Es uno de los mejores barrios de Laguna –respondió la mujer–. El sistema de seguridad es solo para estar más tranquilos.

Reed vio la mirada de Lilah y supo que esta solo estaba poniéndoselo difícil a la agente inmobiliaria.

–Me gusta el jardín –comentó Lilah, girando sobre sí misma.

A Reed también le gustaba. De hecho, aquella era la casa que más le gustaba de todas las que habían visto esa mañana. Era una casa con encanto, con carisma y con mucho espacio, y no estaba pegada a otras casas. A Reed también le gustaba el jardín, aunque la piscina ocupase un tercio de él, también había una zona de césped en la que la niña podría correr. Había árboles y macizos de flores y, como estaba situada en lo alto de una colina, las vistas al mar eran espectaculares. En la terraza había espacio para poner un salón exterior, y también había una cocina. El interior era perfecto: cinco dormitorios, cinco baños y una cocina que a él le había parecido bien y que a Lilah le había encantado.

—¿Qué te parece? —le preguntó esta.

Ambas mujeres lo miraban, pero Reed clavó la vista en los ojos de Lilah.

—Pienso que puede valer.

La agente inmobiliaria se echó a reír.

—¿Que puede valer? Es una propiedad fabulosa. Se reformó completamente hace dos años, de arriba abajo. Solo lleva tres días a la venta y…

Sin dejar de mirar a Lilah, Reed levantó una mano para hacerla callar.

Lilah sonrió al ver cómo la agente inmobiliaria obedecía a su orden.

—Me gusta —dijo.

—A mí también —añadió Reed, entonces miró a la otra mujer—. Me la quedo. Envíeme todos los papeles esta tarde…

—¿Esta tarde? No sé si se va a poder hacer todo en tan poco tiempo y…

—Seguro que sí —la interrumpió él—. Estoy dispuesto a pagar en metálico.

Lilah se dio la vuelta y echó a andar por el jardín,

como si no le pareciese necesario estar en la negociación.

–Señorita Tyler –continuó Reed–. Dudo que tenga muchos clientes que paguen en efectivo, así que le sugiero que se ocupe de todo cuanto antes.

–Haré todo lo que pueda –balbució ella.

–Le daré un veinte por ciento del precio de compra además de su comisión –añadió Reed.

La agente inmobiliaria abrió los ojos como platos.

Pero a Reed no le importaba pagar. No le gustaba esperar y sabía que con el dinero todos los obstáculos se salvaban con más facilidad.

Se dirigió hacia Lilah mientras se decía que, además, ¿de qué servía ser rico si no se utilizaba el dinero?

–Voy a ponerme con ello –dijo la señorita Tyler–. Estaré fuera, en mi coche, haciendo llamadas de teléfono. Pero pueden quedarse aquí con su esposa el tiempo que quieran.

Reed no se molestó en corregirla, aunque la palabra esposa le causó un escalofrío. Fue hacia donde estaba Lilah y le anunció:

–Ya está hecho.

–¿El qué? –le preguntó ella.

–He comprado la casa.

Ella se echó a reír y sacudió la cabeza. El viento la despeinó.

–Cómo no. ¿Y vas a mudarte esta misma noche?

Reed hizo una mueca.

–No, no quiero precipitarme. El próximo fin de semana me parece bien.

Ella volvió a reír, de manera muy sexy. Reed se acercó más, olía de manera diferente, a manzana y a canela.

—Yo tardé tres meses en encontrar mi casa —le contó Lilah, más otro mes en conseguir el préstamo, comprarla, tomar posesión y mudarme. La mayoría de las personas no hacen todo eso en una semana.

—Yo no soy como la mayoría —respondió Reed, encogiéndose de hombros.

—En eso estoy de acuerdo.

Lilah se apoyó en el alto muro y estudió la parte trasera de la casa.

—Es preciosa.

Reed no apartó la mirada de ella.

—Sí que lo es.

Como si hubiese sentido su mirada, Lilah giró la cabeza hacia él.

—¿Qué haces?

—Confirmar algo que es obvio —respondió él, encogiéndose de hombros.

Lilah respiró hondo y volvió a mirar hacia la casa, ignorando el repentino calor de su cuerpo.

—A Rosie le encantará jugar en este jardín —comentó en tono soñador—. Y me alegro de que alrededor de la piscina haya una valla.

—Si no, la habría hecho poner antes de mudarnos.

Ella volvió a mirarlo.

—En menos de una semana.

Él le guiñó un ojo.

—Por supuesto.

—Por supuesto —dijo Lilah, suspirando—. Deberíamos volver al hotel, a ver cómo está Rosie.

–Está bien. Andre me ha recomendado encarecidamente a la niñera del hotel. Al parecer, le encantan los niños, es como una abuela para ellos.

–Lo sé. Me lo ha dicho.

–Pero tú no confías en nadie cuando se trata del bebé.

–Yo no he dicho eso. Es solo que no la conozco.

–A mí tampoco me conoces –insistió él, estudiando sus gestos–. ¿Vas a soportar dejar a la niña conmigo?

–¿Te soy sincera? –le preguntó Lilah–. No lo sé, pero no tengo elección. Tengo que hacer lo que me pidió Spring, aunque no me guste.

Él la observó durante todo un minuto. No le apetecía marcharse de allí, le apetecía seguir charlando con Lilah y descubrir quién era en realidad.

–De no haber encontrado las cartas de Spring, ¿te habrías quedado con Rose? –le preguntó, a pesar de que conocía la respuesta de antemano.

–Sí –le contestó ella con firmeza–. La habría adoptado. Habría hecho todo lo necesario para quedármela. Ya la quiero como si fuese mía.

–Me he dado cuenta –admitió Reed sonriendo brevemente cuando ella lo miró–. Me parece impresionante... que vayas a separarte de algo que quieres por cumplir con los deseos de Spring.

–No pretendo impresionarte.

–Otro motivo más por el que estoy impresionado. Dime, ¿cómo te hiciste tan buena amiga de mi hermana?

Lilah clavó la vista en las nubes del cielo y esbozó

una sonrisa, se quedó perdida en sus pensamientos un par de segundos y después dijo con voz suave:

—Vino a mi tienda en busca de trabajo.

Reed rio, incapaz de creer que su hermana hubiese buscado trabajo.

—El primer y único trabajo que tuvo Spring, que yo sepa, fue en el cine el verano que tenía dieciséis años —le contó—. Mi padre le había dicho que sería incapaz de encontrar trabajo, porque lo único que sabía hacer era gastar dinero.

—Qué agradable —murmuró Lilah.

—Sí, es encantador. En fin, Spring decidió demostrarle que podía ganar su propio dinero, además, le encantaba ir al cine y pensó que así podría ver todas las películas, pero como tenía que estar vendiendo golosinas no podía ver las películas y, además, odiaba el horrible uniforme, como decía ella. Así que no duró ni un mes.

—La gente cambia —comentó Lilah.

—Yo pienso que no.

—Pues Spring cambió —insistió Lilah, apoyando las manos en el muro y la barbilla en ellas—. Su marido acababa de dejarla. Estaba embaraza y sola... o eso pensé yo. Necesitaba un trabajo y estaba dispuesta a hacer todo lo que yo le pidiese.

Él frunció el ceño.

—¿Qué clase de tienda tienes?

Lilah se echó a reír al oírlo tan preocupado.

—Se llama el Bouquet de Lilah. Vendo jabones y velas artesanales.

Eso explicaba que cada día oliese de un modo diferente.

–¿Y qué hacía Spring en tu tienda?

–De todo –le respondió Lilah sonriendo–. Contratarla fue la mejor decisión que pude tomar, de verdad. Era estupenda con los clientes. Siempre sabía lo que les gustaba y los ayudaba a encontrarlo. Se encargaba de las existencias, de apuntar lo que se vendía y lo que no. Era maravillosa, de verdad. Cada vez le fui dando más responsabilidades y así yo podía pasar todo el tiempo en el taller, creando los jabones y las velas que después llenaban las estanterías.

Reed frunció el ceño, su hermana pequeña nunca había sido precisamente una persona delicada… pero, al parecer, él no había conocido a la Spring adulta. Y ya nunca la conocería.

–Encima de la tienda hay un pequeño apartamento –continuó Lilah–. Yo estuve viviendo en él hasta que pude comprarme una casa. Así que Spring y Rose se mudaron allí. Nos venía bien a las tres. El bebé hacía sonreír a todos los clientes que entraban por la puerta y Spring no tenía que preocuparse de dejar a Rosie con nadie. Todo era estupendo hasta que…

Se le nubló la mirada.

Reed también sintió dolor. Y pensó que ni él quería pensar en la muerte de su hermana, ni Lilah hablar de ella, así que comentó:

–Al parecer, era feliz.

Lilah lo miró a los ojos y sonrió con tristeza.

–Lo era. Le encantaba nuestro pueblo y estaba empezando a formar parte de él. Tenía muchos amigos.

–¿Dónde vives? ¿Dónde está tu tienda y tu pueblo? No me lo has dicho.

—Es verdad. Vivo en Pine Lake, Utah. A una hora al norte de Salt Lake City, en las montañas de Wasatch.

Él sacudió la cabeza y se echó a reír otra vez.

—Lo siento, no me imagino a Spring viviendo en las montañas. Siempre fue más de playa.

—La gente cambia.

Reed arqueó una ceja.

—Sí, ya lo has dicho antes.

Lilah sonrió.

—Entonces, debe de ser verdad.

—En algunos casos.

Ella inclinó la cabeza y lo miró muy seria.

—La gente puede sorprenderte.

—Con frecuencia, ese es el problema —comentó él, agarrándola del brazo—. Vamos, la señorita Tyer debe de estar preguntándose qué hacemos.

—Sí, vámonos, quiero volver con Rosie.

Recorrieron la casa sin que Reed le soltase el brazo y este se dijo que, en ocasiones, los cambios ocurrían, estuviese uno preparado o no.

Capítulo Cuatro

La semana siguiente estuvo muy ocupada. Apenas vio a Reed, que se pasaba la mayor parte del tiempo trabajando y casi siempre se marchaba de cualquier lugar al que Rose y ella llegaban. Lilah se preguntó si aquello sería normal o si estaba intentando evitarla.

Por otra parte, también pensó que iba a echar mucho de menos a Andre.

No sabía qué habría hecho sin él durante los últimos días. Vivir en un hotel no era lo ideal, pero con aquel mayordomo, casi llegó a gustarle

Siempre estaba dispuesto a ayudarla y, si bien no era nada chismoso, le dio algo de información acerca de Reed, como que su familia prácticamente no iba a visitarlo, ni tampoco llevaba invitados, es decir, mujeres, a la suite, y que daba muy buenas propinas.

Lo que la llevó a pensar que, o bien era un solitario, o que estaba solo y que cuando alguien lo ayudaba expresaba su agradecimiento pagando bien.

Andre se aclaró la garganta para llamar su atención.

–He preparado otra lista de tiendas de muebles. Dado que las cosas de Rose ya están encargadas, supongo que solo falta el despacho del señor Hudson.

—¿Cómo haces para acordarte de todo? —le preguntó Lilah riendo.

—Me gusta ser muy ordenado —respondió él, inclinándose a limpiarle la boca a Rosie, que se estaba comiendo un plátano.

Tenía el pelo canoso, pero su mirada era joven. Lilah supuso que tenía una edad entre los treinta y cinco y los cincuenta años. Era alto y delgado, el mayordomo inglés por antonomasia.

—¿Por qué trabajas en un hotel, Andre? ¿No deberías estar en Londres con la realeza?

—Serví a un conde durante unos años, pero, sinceramente, me cansé del frío y la niebla de Londres —respondió él—. Es un lugar estupendo para nacer, no sé si me entiende.

—Sí, te entiendo.

—Voy a menudo a visitar a amigos y familia, y disfruto mucho de esos viajes —admitió, suspirando—. Y es cierto que aquí echo de menos ir a un pub de vez en cuando.

—Yo voy a echarte de menos a ti, Andre —le dijo ella, rodeando la mesa y dándole un abrazo.

Él se puso tenso un instante, luego se relajó y le dio una palmadita en el hombro.

—Yo también la echaré de menos, señorita. A usted y a la señorita Rose, pero es lo mejor que pueden hacer. Un hotel no es lugar para un niño.

—No —admitió ella, pensando que aquel lugar no era adecuado ni para la niña ni para Reed tampoco.

Entonces se dijo que tenía que volver a pensar en las compras.

–¿Me recomiendas alguna tienda en especial?

Andre señaló el tercer nombre de la lista.

–Al señor Hudson le gustará esta.

–De acuerdo, gracias. Y… ¿puedo hacerte una pregunta?

–Por supuesto, señorita.

–Sé que no es asunto mío, pero ¿cómo es que te llamas Andre?

Él sonrió solo un instante.

–El padre de mi madre era francés. Me pusieron como a él. De niño me causó algunos problemas, lo tengo que admitir.

–Pero seguro que los supiste solucionar.

–Eso espero, señorita –respondió él, inclinándose–. Que vayan bien las compras.

Cuando se marchó, Lilah se giró hacia Rose.

–Cuánto voy a echarlo de menos.

Un par de horas más tarde estaba en la tienda de muebles que Andre le había recomendado, pensando que seguro que aquello le gustaba a Reed y que, si no le gustaba, sería culpa suya.

Porque no había podido hablar con él de sus gustos. Se marchaba muy temprano a trabajar y no volvía hasta por la noche.

Y, no obstante, seguía sintiéndose atraída por él. Aunque era evidente que a Reed no le interesaba lo más mínimo, Lilah no conseguía convencer a su cuerpo de que dejase de alegrarse al verlo entrar en una habitación.

Lilah no terminaba de entenderlo. Era como si hubiese aceptado su deber con Rosie, pero no fuese a hacer nada más que lo imprescindible.

Desde la primera noche, cuando había tomado a Rose de brazos de Lilah y la había pegado contra su pecho, no había vuelto a tocar a la niña, ni a hablar con ella. Lilah no quería ni pensar en cómo iba a ser la vida de Rosie si resultaba que Reed era incapaz de quererla. Aunque también era comprensible, si, al parecer, tanto él como sus hermanos habían crecido sin ningún tipo de cariño.

Se le encogía el corazón solo de pensarlo. Ni muebles ni casas ni todo el dinero del mundo podrían suplir la falta de amor, pero ella no sabía cómo actuar. No podía luchar por la custodia de la niña. Reed, además de rico, era abogado. No tenía ninguna posibilidad.

Su única esperanza era que en algún momento se rompiese el muro de hielo que Reed había levantado a su alrededor.

—Seguro que no tardará más de diez o veinte años —se dijo a sí misma.

—¿Perdón?

Lilah se ruborizó y sonrió al dependiente de la tienda.

—Nada. Yo pienso que ya hemos terminado aquí.

Llevaba toda la semana comprando muebles para una casa en la que no iba a vivir y sin tener ni idea de qué le gustaba a Reed, así que había escogido lo que le gustaba a ella.

Salvo para el despacho, que sería el territorio de

49

Reed, Lilah había escogido muebles cómodos, colores suaves, todo para crear un lugar cálido y seguro en el que pudiese crecer una niña.

A Lilah se le encogió el corazón. Pronto tendría que volver a Utah. No podría ocuparse de Rosie. No la vería empezar a andar, ni oiría sus primeras palabras. No estaría allí para limpiarle las lágrimas ni para oírla reír por las mañanas.

Notó que los ojos se le llenaban de lágrimas y parpadeó con fuerza. Si se ponía a llorar, el dependiente que le había vendido los dos sillones y el sofá de piel para el despacho de Reed iba a pensar que era por el precio. Y lo cierto era que, por primera vez en su vida, Lilah no había mirado el precio de ningún mueble.

Solo le faltaba comprar una mesa para la cocina.

–Voy a imprimir la factura, tardaré un minuto o dos –respondió el hombre, dirigiéndose a la trastienda.

–De acuerdo –respondió ella, mirando a Rosie, que tenía el biberón en las manos.

Reed había conseguido que la agente inmobiliaria le diese las llaves de la casa enseguida y habían estado llegando muebles durante toda la semana, aquellos serían los últimos. Las camas de la habitación principal y las tres de invitados habían llegado, y la cuna nueva de Rosie y demás muebles de su habitación llegarían esa misma tarde.

Al día siguiente podrían instalarse en aquella casa con vistas al mar. Allí, Reed tendría todavía más espacio para evitarlas. Lilah pensó que tenía que poner fin a aquello. Tenía que asegurarse de que Reed pasase tiempo con Rosie, que la conociese y la quisiese, pero ¿y si Reed no podía?

En ese caso, Lilah no sabría qué hacer.

Cerró los ojos y la imagen de Reed inundó su mente, como le ocurría justo antes de dormir. Reed como lo había visto la primera noche, despeinado, con el pecho desnudo bajo la luz de la luna, vestido solo con unos pantalones de pijama, descalzo, tan sexy. Se frotó los ojos para intentar borrar aquello de su mente.

Era un hombre altivo y dominante. Y guapo y sexy. Lo que hacía que la situación fuese todavía más complicada.

Si hubiese podido odiarlo, todo habría sido más fácil, pero no podía odiarlo. Reed había aceptado desde el principio los deseos de su hermana, había comprado una casa para Rose, estaba cambiando su vida por el bebé porque era lo correcto. Era difícil odiar a un hombre capaz de todo aquello.

Lilah miró el reloj que colgaba de la pared. Todavía tenía mucho que hacer. Había que comprar sartenes y cacerolas, vasos, almohadas, edredones y un millón de cosas más.

Deseó que su querida amiga Kate pudiese estar allí para ayudarla. Kate Duffy era una artista y tenía muy buen ojo para la decoración, pero estaba de luna de miel con su marido, que era militar y acababa de volver de una misión.

Así que Lilah estaba sola.

Un ruido llamó su atención y miró a Rose, que golpeaba la bandeja de su sillita con el biberón.

–Tienes razón, no estoy sola –le dijo, agachándose a darle un beso en la mejilla.

–Ya está, señorita Strong –comentó el dependiente, volviendo–. Tiene que firmar al final.

Ella leyó rápidamente la factura y firmó.

–¿Lo entregarán todo mañana?

–Entre la una y las tres.

–De acuerdo, gracias.

–Ha sido un placer –respondió él, sacándose una tarjeta del bolsillo y dándosela–. Si necesita algo más…

–Gracias de nuevo –repitió Lilah, metiéndose la tarjeta en el bolso y saliendo a la calle con la sillita de Rosie.

Hacía un precioso día de junio, las aceras estaban llenas de gente y las calles, de coches impacientes. Las farolas estaban adornadas con flores y grupos de adolescentes se dirigían a la playa con las tablas de surf bajo el brazo.

Era todo tan diferente a lo que ella estaba acostumbrada, que echó de menos su casa. Oyó reír a Rosie y se preguntó qué iba a hacer ella sola en casa, sin Rose para romper el silencio. ¿Cómo iba a soportar vivir tan lejos de una niña a la que quería como si fuese suya?

–Ya me enfrentaré a ello cuando sea necesario –dijo Lilah, apartando aquellas ideas de su mente.

Todavía tenía mucho que hacer.

***

Mientras Lilah se dedicaba a las compras, Reed cumplía con sus propios compromisos. Preparaba su último caso, pedía la cuenta en el hotel y organizaba la mudanza a la casa nueva. En esos momentos estaba atendiendo a Carson Duke.

–¿Has hablado con Tia? –le preguntó.

Estaban en la suite que Carson tenía en el Monarch y Reed se dio cuenta, por primera vez, de que todas las habitaciones eran muy parecidas. La suya era mucho más grande, pero los muebles eran muy similares.

–No. No he hablado con ella desde que me fui de casa hace un mes.

–Mejor así –le aconsejó Reed.

Tenía la experiencia suficiente para saber que muchas parejas que se separaban de manera amistosa terminaban peleándose. Y entonces el caso empezaba a salir en los medios de comunicación y todo se complicaba.

–Sé que es la estrategia correcta, pero no puedo evitar pensar que si hablásemos…

–¿Os ha ayudado hablar en los últimos meses? –preguntó Reed con impaciencia.

–No, la verdad es que no.

Reed dio un sorbo a su café, luego dejó la taza en la mesa de cristal y añadió:

–Sé que esto es duro, pero es lo que ambos habéis decidido. Es mejor que no hables con Tia hasta que no sea necesario. Como tenéis acuerdo prenupcial, la situación debería ser indolora.

–Indolora.

Reed asintió. Se enorgullecía de acompañar a sus clientes al final de sus matrimonios con el menor dolor posible.

–No del todo, pero no debería haber muchas complicaciones.

–Supongo que eso es bueno –dijo Carson, sonriendo con amargura–. Tengo que admitir que jamás me imaginé en esta situación.

–Nadie lo hace –le aseguró Reed.

–Tal vez, pero yo pensaba que era posible que un matrimonio funcionase. Mis propios padres llevan casados toda la vida. Y siguen siendo felices.

Y Reed no pudo evitar preguntarse cómo sería aquello. Como era natural, por su trabajo, no solía encontrarse con matrimonios largos. Ni tenía ninguna experiencia personal al respecto.

Su familia no había sido precisamente la ideal, pero era la única que tenía.

–Entonces, ¿cuándo seré un hombre libre otra vez por fin?

Reed volvió a mirar a Carson.

–Has estado casado menos de dos años, no tenéis hijos, así que eso facilitará las cosas.

–Me alegro –murmuró el otro hombre.

Reed entendió cómo se sentía Carson, así que continuó:

–Tenéis propiedades en común…

–Sí, la casa de la playa de Malibú y una cabaña en Montana.

Reed asintió.

–En cuanto Tia haya firmado los papeles también, me reuniré con su abogado y hablaremos de las propiedades en común, las cuentas bancarias y todo eso...

–¿Y luego?

–Prepararemos el acuerdo y, si los dos aceptáis los términos, lo firmaréis y seis meses después volverás a estar soltero.

–¿Tendremos que ir a los juzgados?

–Depende de cómo vaya el acuerdo. Podríamos terminar en el despacho de un mediador, o tener que ir ante un juez.

–Entiendo, pero te prometo que jamás pensé que terminaríamos así –insistió Carson–. Supongo que todo el mundo te dice lo mismo.

–La verdad es que no –le respondió él–. La gente no acude a mí para contarme lo estupenda que es su relación.

–Supongo que no –dijo Carson, mirando hacia el mar–. Yo pensé que sería diferente, que nos iría bien. Tia incluso adora a mis padres. No sé cómo hemos podido terminar así.

–Tal vez no lo sepas nunca –comentó Reed–. E intentar analizarlo no te va a ayudar.

–Entonces, ¿qué me puede ayudar? –le preguntó Carson.

–Si lo averiguo, te lo haré saber.

–De acuerdo. Te agradezco mucho que me hayas traído los papeles...

–No hay problema. Vivo aquí.

–Sí, pero yo no, me marcho esta misma tarde –le explicó Carson–. Tengo que volver a Hollywood. El lunes por la mañana me llamaron, así que me tengo que marchar.

—¿Vas a hacer una película nueva?

—No, pero hay que volver a grabar un par de escenas de la última. Hoy soy un tipo normal y corriente, pero el lunes volveré a ser un vikingo. Es una manera rara de ganarse la vida.

—Las hay peores —le dijo él, pensando en su propia profesión—. Si necesitas algo, ya sabes dónde encontrarme. Si no, ya te llamaré yo.

—Entendido.

—Y mantente alejado de Tia —le recordó Reed.

—Lo haré —dijo él, dedicándole su famosa sonrisa—. Si lo hubiese hecho hace un par de años, no habría terminado en esta situación, ¿no?

—Eso es cierto.

Era la cruda realidad. El divorcio era la principal razón para evitar el matrimonio.

Reed tenía la experiencia de su familia y la experiencia profesional de los últimos años.

—Gracias —le dijo Carson—. Por todo.

—Solo hago mi trabajo —le respondió Reed antes de intentar ocuparse del caos que reinaba últimamente en su vida.

Una hora después estaba en la casa nueva. Tuvo que admitir que Lilah había hecho un buen trabajo amueblándola. Daba la sensación de que todo llevase allí años, no días. Se maldijo, ya se sentía como si llevase años atado a aquel lugar. Aquel era el motivo por el que nunca se había comprado una casa antes. No había querido verse atado a nada. Había evitado casarse y establecerse en ningún lugar.

Siempre había mantenido abiertas todas las opciones, pero eso se había terminado. Era el dueño de una casa. O empezaría a serlo al día siguiente. Tendría raíces por primera vez en la vida, y eso le agobiaba.

No era de sorprender, entre los internados, las casas de vacaciones y que había cambiado de dirección cada vez que sus padres se casaban, no había sentido nunca que tuviese un hogar. No amaba ningún lugar en concreto que le recordase a su pasado. Vivía en un hotel para poder marcharse cuando quisiese, pero eso… eso se había terminado.

No obstante, la casa en sí estaba bien. Miró alrededor del salón y le gustó. Lilah le había prometido color y había puesto color, pero el efecto, en general, era agradable. Incluso había en las paredes alguno de sus cuadros. Lilah debía de haber pedido que los llevasen del hotel y los colgasen allí.

Oyó ruido de voces desde distintas partes de la casa y pensó que debían de estar allí los transportistas, instalando muebles.

Lilah había trabajado mucho en poco tiempo. Se merecía el dinero que le había ofrecido y Reed todavía no podía creerse que hubiese rechazado cien mil dólares. En especial, sabiendo que le vendrían muy bien.

Reed la había investigado un poco. El Bouquet de Lilah era un negocio pequeño, con pocos empleados y una página web correcta para atender las ventas *on-*

line. Lilah tenía una casa con una hipoteca razonable, un coche de diez años y, al parecer, era querida y respetada en su pueblo natal. Su única familia eran sus padres. Tras la muerte de su padre, su madre se había vuelto a casar con un millonario, tal vez aquel fuese el motivo por el que Lilah había rechazado su dinero.

En cualquier caso, si estaba allí no era porque él se lo hubiese pedido, sino por Rose. Y él la entendía, y se lo agradecía, pero no le gustaba estar en deuda con nadie.

Y hasta que no arreglase aquella situación, estaría en deuda con Lilah Strong.

Capítulo Cinco

Entró en la habitación como si la hubiese invocado con sus pensamientos. Sonreía de oreja a oreja y le brillaban los ojos. Llevaba la increíble melena suelta sobre los hombros.

–Es maravillosa –dijo.

Reed se sintió satisfecho. La sorpresa que había preparado había salido mucho mejor de lo imaginado. No sabía ni cómo se le había ocurrido llamar a la que había sido ama de llaves y niñera de su madre, y que ya casi se había jubilado.

Connie Thomas rondaba los sesenta años, le encantaban los niños y era muy organizada. Durante más de veinticinco años, Connie había sido la única constante de la vida de Reed. Se había quedado con ellos cada vez que su madre se había vuelto a casar, y a mudar. Los niños de la familia siempre habían acudido a Connie cuando habían tenido problemas o habían necesitado que alguien los escuchase. Y se había marchado cuando la madre de Reed había decidido que su hijo pequeño, con siete años, no tenía por qué salir del internado para ir a casa en verano.

Su madre no era precisamente la más cariñosa del mundo. Quería a sus hijos, pero de un modo abstracto que no requería necesariamente su presencia. De hecho, Selena Taylor-Hudson-Simmons-Foster-Hambleton nunca había entendido cómo Connie Thomas podía tener tanta paciencia con los niños.

—Rosie ya la adora —comentó Lilah—. Y yo también, por supuesto.

Él asintió.

—Sospechaba que te gustaría.

—¿Cómo no me va a gustar? —continuó Lilah, sonriéndole.

Y a Reed le molestó que le gustase tanto verla sonreír.

—Connie y la niña han conectado desde el primer momento —añadió—. Y a Connie le encanta su habitación. Me ha dicho que has pedido que le envíen sus cosas aquí esta misma noche.

—No tiene sentido esperar, ¿no?

Lilah se echó a reír.

—Al parecer, tanto Connie como tú pensáis que no. En estos momentos se ha llevado a Rosie al piso de arriba, a supervisar el montaje de la habitación de la niña.

A Reed no le sorprendió oír aquello. Connie no era de las que se quedaban sentadas esperando. Le gustaba participar.

—Va a volver locos a los montadores de muebles, pero no los dejará marchar hasta que no esté satisfecha con su trabajo.

—Hablas como si fuese un sargento —dijo Lilah, inclinando la cabeza.

—Puede llegar a serlo —admitió él, sonriendo—. Siempre se aseguraba de que todo el mundo se bañaba, hacía los deberes y se lavaba los dientes. Y el bote de galletas con chocolate siempre estaba lleno.

–¿Como por arte de magia?

–Eso me parecía a mí por aquel entonces –dijo él–. No he probado nada mejor que sus galletas de chocolate.

Era gracioso, un rato antes había pensado que no tenía recuerdos de un hogar de la niñez, pero en esos momentos su mente se llenó de imágenes de Connie haciendo galletas, jugando con ellos, enseñándoles a hacerse la cama y recordándoles que en aquella casa todo el mundo trabajaba para sus padres, no para ellos.

Todos habían sabido que en la cocina de Connie encontrarían compasión, comprensión y sinceridad. Reed no podía imaginarse su niñez sin ella.

–Sí, aquellas galletas eran mágicas.

–Estoy deseando probarlas –respondió ella–. Aunque creo que en tus recuerdos hay mucho más que galletas, ¿verdad?

Él frunció el ceño al darse cuenta de que le estaba leyendo el pensamiento. No le gustó.

–Es una buena persona. Eso es todo.

–Ya.

–En realidad, Connie era la manera más lógica de solucionar nuestro actual problema.

–Lo has hecho otra vez –le dijo Lilah–. Rose no es ningún problema que haya que solucionar.

Él se puso tenso al oír la crítica.

–Su cuidado lo es.

–Entonces, ahora que ya está Connie aquí, tú no

tienes que ocuparte de nada –empezó ella–. ¿Es así como funciona la cosa?

Reed se preguntó cómo había pasado de ser un héroe, al llevar a Connie allí, a ser el malo de la película por el mismo motivo.

–Si tienes algo que decir, dilo.

–No sé por dónde empezar.

–Empieza –le dijo él, cruzándose de brazos.

–De acuerdo.

Lilah respiró hondo, lo miró a los ojos y dijo:

–En la semana que Rosie y yo llevamos aquí, casi no has pasado tiempo con ella.

–Por si no te habías dado cuenta, trabajo –replicó él.

–Es difícil no darse cuenta –le contestó Lilah–. No estás nunca. Y, cuando estás, guardas mucho las distancias con Rosie.

–No es cierto. Soy su tío. Es la hija de mi hermana. Le acabo de comprar una casa. Yo pienso que puedo decir que le estoy haciendo un hueco en mi vida.

–No le puedes hacer un hueco en tu anterior vida. Tienes que construir una nueva vida con ella –le explicó Lilah–. Comprar una casa es estupendo, pero no es suficiente.

Reed se sintió molesto. Desde que aquella mujer y el bebé habían entrado en su vida una semana antes, toda su vida se había trastocado, pero, al parecer, eso no era suficiente para Lilah Strong.

La miró con frialdad, como miraba normalmente a los testigos hostiles o a los clientes que intentaban mentirle.

–Tiene ocho meses. ¿Qué más necesita? ¿Un coche? ¿Un barco?

–Un hogar.

–¿Qué quieres decir con eso? –inquirió él, haciendo un esfuerzo por no explotar.

–Significa que comprar una casa no significa tener un hogar.

–Increíble. Estás perdiendo el tiempo con los jabones, deberías dedicarte a escribir poemas de esos que se ponen en las tarjetas.

–Esto no es gracioso –replicó ella en tono frío.

–En eso tienes razón.

Pensó que Lilah retrocedería e intentaría entrar en razón, pero se equivocó.

Se acercó a él mientras lo fulminaba con la mirada.

–Tu vida no es la única que se ha visto trastocada. Rosie ha perdido a su madre. Yo he perdido a mi amiga. Estoy a cientos de kilómetros de mi casa y hago lo posible porque Rosie sea feliz.

–Lo sé –la interrumpió Reed.

–No he terminado –continuó ella, acercándose un paso más–. Llevas toda la semana evitándonos a Rosie y a mí.

Él apretó los dientes. Era cierto, pero no había pensado que Lilah se daría cuenta. Al fin y al cabo, era un hombre muy ocupado, y ella también tenía mucho que hacer.

–No he estado evitando…

–Entonces, haciendo como si no estuviésemos –lo interrumpió ella–. Es lo mismo. El caso es que una casa no va a ser suficiente. Ni Connie, por estupenda que sea, va a ser suficiente.

El sol se reflejaba en su pelo, haciéndolo brillar. En esa ocasión olía a flor de naranjo y aquel olor estaba haciendo que a Reed se le cerrase la garganta, que se sintiese aturdido. Aquel tenía que ser el motivo por el que estaba allí callado, permitiendo que le echasen la bronca, cuando la última vez que eso había ocurrido había sido con dieciocho años, en una ocasión en la que había enfadado a su padre.

—Necesita amor. Cariño. Sentir que pertenece a algún sitio.

Reed sacudió la cabeza.

—Tendrá todo lo que necesite.

—¿Cómo, si casi ni la has mirado desde aquella primera noche?

—No necesito que me enseñes a cuidar de una niña.

Y, aunque necesitase ayuda, no la iba a pedir.

Lilah respiró hondo e intentó tranquilizarse.

—Lo único que intento explicarte es…

Reed sintió que perdía los nervios al ver que Lilah hacía acopio de paciencia.

—Que me voy a quedar aquí hasta que esté segura de que Rosie está contenta y feliz, y de que la quieren. Y todo eso no va a ocurrir hasta que tú empieces a interactuar con ella.

—Es un bebé —replicó él—. Está contenta si está alimentada y seca.

—Necesita más que eso. Necesita una familia, un hogar. Y no veo que vaya a recibirlo de ti.

Reed no estaba acostumbrado a que lo cuestionasen, ni a que dudasen de él. Todos sus clientes creían en él. Su familia acudía a él siempre que había cualquier crisis, confiaban en él para todo. Llevaba toda la vida aceptando responsabilidades y haciendo lo posible por asegurarse de que el mundo funcionaba de manera ordenada.

¿De verdad pensaba Lilah que un bebé de ocho meses iba a poder con él?

—Rose tendrá todo lo que necesite —consiguió decir en tono paciente.

—¿De Connie?

—Sí, de Connie. Yo la he traído aquí y sé que lo hará bien. ¿Qué tiene eso de malo?

Respiró hondo y se arrepintió al instante, porque volvió a sentir que aquel olor a flor de naranjo lo invadía.

—Lo malo es que dependas solo de ella para cuidar de Rose.

—Yo no he dicho que vaya a hacer eso.

—No hace falta que lo digas —replicó Lilah—. Y lo que estás haciendo es ignorarnos a Rose y a mí.

—No estoy ignorando al bebé. Te estoy ignorando a ti.

—¿Por qué? —quiso saber ella.

¿Cómo era posible que no se diese cuenta de lo mucho que le costaba evitar su compañía? ¿No era consciente de la atracción que había entre ellos? Si era así, iba siendo hora de enseñarle lo que estaba ocurriendo allí.

Volvió a aspirar su olor y perdió el control.

—Por esto.

La estrechó contra su cuerpo y la besó como si llevase días deseando hacerlo.

Lilah no había esperado aquello.

Reed había avanzado tan deprisa, la había abrazado con tanta fuerza...

Y cómo la había besado.

Con un anhelo que Lilah no había conocido hasta entonces. Por un segundo, había estado demasiado sorprendida para reaccionar. Y después de aquel segundo, le había devuelto el beso.

Todo su cuerpo había cobrado vida de repente. Lo había abrazado por el cuello, se había apoyado en él y había separado los labios.

Había sentido que se le encogía el estómago, había sentido calor entre los muslos y, sin aliento, había sabido que quería, que necesitaba más.

Él había pasado las grandes manos por su espalda, la había apretado contra su cuerpo como si quisiera que se fundiese con él. Después le había agarrado el trasero y la había apretado contra su erección. Y a ella se le había acelerado el corazón del deseo.

Y entonces había empezado a oír que se acercaban pasos, voces.

De repente, su cerebro le había advertido de que la casa estaba llena de gente.

Y había tenido que hacer un esfuerzo sobrehumano para apartarse y retroceder un paso.

Intentó controlar la respiración y se pasó los dedos por el pelo, alborotado. Sabía que también tendría los labios henchidos por el beso, pero no podía hacer nada al respecto. Siguió con la sensación de que todas las células de su cuerpo estaban despiertas y alerta.

Hacía demasiado tiempo que no la besaba un hombre. Aquella debía de ser la razón por la que había… respondido así. Había estado tan centrada en su negocio que no había tenido tiempo para el amor. Al menos, esa era la excusa que solía ponerse a sí misma, pero la verdad era que, en realidad, no había encontrado al hombre que la interesase lo suficiente como para intentar tener una relación con él.

Reed tampoco era ese hombre. Aunque pudiese sentir algo por ella, tal y como demostraba el beso, era rico y vivía en California, mientras que ella vivía en un pueblo de montaña y se ganaba la vida como podía. Procedían de dos mundos completamente diferentes y un beso, por increíble que hubiese sido, no era suficiente para salvar aquello. Lo mejor sería recordarlo.

—Ya hemos terminado —anunció una voz mientras tres hombres entraban en el salón.

—Justo a tiempo —murmuró Lilah, mirando un instante a Reed y viendo que todavía había deseo en los ojos de este.

Se dijo que no debía mirarlo más, al menos hasta que el fuego que ardía en su interior se hubiese apagado. No podía tardar más de una semana o dos.

Se maldijo.

Las cosas acababan de complicarse todavía más. Tal vez hubiese sido mejor que Reed continuase ignorándola, pero ya era demasiado tarde para dar marcha atrás. Iban a tener que hablar de aquello y llegar a un acuerdo. No podían volver a besarse, por triste que le resultase la idea. Rose tenía que ser la prioridad. Para ambos.

—Bien, iré a verlo todo —dijo, aprovechando la excusa para salir de allí.

Connie entraba en ese momento en la habitación, con Rose, feliz, en su cadera. La niña tendió las manos hacia Lilah, que la tomó en brazos y siguió andando. El calor y el peso de la pequeña fueron el antídoto perfecto para el deseo que todavía vibraba en su interior. Rose era el motivo por el que estaba allí. El único motivo. Lo más importante era su felicidad.

Aun así, Lilah se quedó un par de minutos en la habitación recién montada de la niña, para terminar de calmarse. Y después tuvo que volver al salón.

Terminó de firmar las hojas del pedido y acompañó a los transportistas a la puerta. Después, se dirigió de nuevo al salón, donde estaban Reed y Connie.

—¿Va todo bien? —preguntó esta última, mirándolos a ambos.

—Sí, todo bien —dijo Reed, pasándose una mano por la mandíbula.

—Estupendamente —respondió Lilah con la vista clavada en Rosie, que seguía en sus brazos.

—Ya veo —comentó Connie—. Los dos mentís fatal.

Se acercó adonde estaba Lilah, tomó al bebé de sus brazos y fue en dirección a la cocina mientras decía:

—Voy a darle la merienda. Mientras tanto, vosotros podréis hablar.

A solas con él en el salón, Lilah estuvo varios minutos escuchando el silencio antes de, por fin, suspirar y decir en un murmullo:

—Estupendo.

—¿Cuál es el problema?

Ella lo miró fijamente.

—¿De verdad me lo preguntas? Me has besado y, con solo mirarme, tu ama de llaves se ha dado cuenta de lo ocurrido, y tú me preguntas que cuál es el problema.

Reed se encogió de hombros.

—Ha sido solo un beso.

—Sí. Y Godiva es solo una marca de bombones —replicó Lilah, pasándose las manos por el pelo antes de mirarlo.

No pretendía mirar sus labios, pero… ocurrió. Se maldijo. Tenían que hablar. Y, al parecer, iba a ser ella la que comenzase la conversación.

Clavó la vista en sus ojos y preguntó:

—¿Por qué?

—¿Por qué no?

—¿Me has besado para hacerme callar?

A él le brillaron los ojos, apretó la mandíbula.

—¿Qué?

—Estábamos discutiendo —le recordó ella—. Y tú ibas perdiendo, así que querías que me callase.

Reed se echó a reír y negó con la cabeza.

—Te recuerdo que soy abogado, me gano la vida discutiendo. No estaba perdiendo.

—Venga ya —lo contradijo Lilah, sonriendo con satisfacción.

Connie tenía razón. Reed mentía fatal. Y ella también, pero prefería no pensarlo en esos momentos.

—Ambos sabemos que tengo razón. Has estado evitando a Rosie y evitándome a mí. Yo te lo he hecho ver y no te ha gustado. Así que, para poner fin a la discusión, me has besado.

Él se acercó un paso más, y Lilah tuvo que hacer un esfuerzo por no retroceder. No le tenía miedo, pero no estaba segura de que tenerlo cerca en esos momentos fuese buena idea. Pero si retrocedía, él pensaría que no se fiaba de sí misma. Y era cierto, pero no quería que Reed se diese cuenta.

—No necesito besar a ninguna mujer para ganar una discusión. Gano mucho dinero haciendo eso mismo.

Estudió su rostro antes de volver a mirarla a los ojos.

—¿Quieres saber la verdad? Te he besado porque quería hacerlo. Y, como ya te he dicho antes, cuando quiero algo, voy a por ello.

A Lilah aquello le resultó insultante y halagador al mismo tiempo. Se había pasado una semana luchando contra la atracción que sentía por Reed, sabiendo que solo podría complicar más las cosas. Y había tenido razón.

Había imaginado un beso apasionado, pero la realidad había superado con creces a su imaginación. Y, por si fuera poco, ya no podía dejar de pensar en cómo sería acostarse con él. No obstante, se prometió a sí misma que se olvidaría del beso y de cómo se había sentido por unos segundos. Era la única manera de sobrevivir cerca de Reed.

–No soy un trofeo que puedas tomar de una estantería, Reed. Y si no quiero que me vuelvas a besar, no lo harás, te lo aseguro.

–Menuda amenaza –murmuró él–. Estás deseando que te vuelva a besar.

Lilah respiró hondo y después suspiró. Podía mentir, pero ¿qué sentido tenía?

–De acuerdo, está bien. Tal vez quiera que me beses.

Reed se acercó un paso y ella retrocedió. Si permitía que Reed volviese a tocarla, iniciaría una reacción en cadena que le haría perder el control.

–Pero, al contrario que tú, no intento conseguir las cosas solo porque quiera tenerlas.

Él esbozó una sonrisa.

–¿No?

–No. Lo que uno quiere no es siempre lo que le conviene.

Reed volvió a reír, se metió las manos en los bolsillos y asintió.

–En eso tienes más razón.

Lilah arqueó las cejas.

–Muchas gracias.

–Mira, ya te he dicho que mi padre no quiere al bebé y que la madre de Spring ha dicho que no puede ocuparse de ella porque echaría mucho de menos a Spring, y que, además, no le interesa ser abuela. Así que me voy a quedar con Rose. Y la voy a criar.

–¿La vas a querer? –tuvo que preguntarle Lilah.

–¿Estás obsesionada con el amor? –inquirió él con el ceño fruncido.

–¿Obsesionada? –repitió–. ¿Y tú por qué te opones tanto a él?

–Porque he visto a demasiadas personas destrozadas por su culpa. El amor es la raíz de todas las miserias del mundo.

–Qué actitud tan triste.

–Ganada a pulso –respondió él, sacudiendo la cabeza y acercándose hacia la ventana.

No dijo más, pero a Lilah le intrigó tanto su silencio que lo siguió.

–¿Cómo puedes decir que el amor no vale nada?

Él la miró.

–Lo he visto toda la vida con mis padres, que han buscado constantemente el amor y no lo han encontrado. Mis hermanos y yo crecimos con aquel caos. Así que, no, no puedo prometerte que vaya a quererla. Y me gustaría añadir que en realidad no necesito tu aprobación para criar a mi sobrina.

–Lo sé –admitió Lilah–, pero aquí no estamos hablando solo de ti, sino de lo que es mejor para Rosie.

–Es cierto, por eso sigues aquí.

Reed se aflojó la corbata y se quitó la chaqueta, la dejó sobre un brazo del sofá. Luego volvió a mirarla y añadió:

–Ya tienes una idea de cómo va a ser mi vida con Rose, pero ningún niño tiene una vida perfecta. Trabajo muchas horas al día. Así que no voy a tener mucho tiempo para construir un nido.

–No te hace falta, eso ya lo he hecho yo –respondió ella–, pero tienes que hacer algunos cambios por el bien de Rose.

Él rio.

—Ya te he dicho que a ambos nos ha cambiado mucho la vida últimamente.

—Sí, pero…

—Y Connie está aquí. Te aseguro que no habría una persona mejor para Rosie.

—De eso estoy segura. Rosie va a recibir los cuidados y el cariño de Connie, pero tú eres la figura paterna.

Reed la miró con el ceño fruncido.

Lilah creyó ver pánico en sus ojos, y eso hizo que se sintiese mejor.

—Eres el hombre de su vida y tienes que estar en su vida.

Reed apretó la mandíbula y Lilah supo que aquello era muy difícil para él. No estaba acostumbrado a que le plantasen cara. Y tal vez ella tampoco debía haberlo hecho, pero se trataba del futuro de Rose, así que iba a hacer lo que tuviera que hacer.

—No me gusta que me den órdenes.

—No pretendía…

—Claro que sí —la interrumpió, fulminándola con la mirada.

Ella no apartó los ojos de los suyos.

Pasaron varios segundos y siguieron en silencio.

—¿Por qué hueles de manera diferente cada día? —murmuró.

—¿Qué? —preguntó ella, sorprendida por el repentino cambio de tema.

—Tu olor —repitió él, aspirando hondo—. Hoy hueles a naranja.

Apoyó las manos en sus hombros y luego las subió por el cuello, hasta tomar su rostro.

Lilah sintió su calor calándola hondo y se estremeció. Aquello no era buena idea. Acababa de decirle que no la volviese a besar. ¿Jamás? Y, no obstante, se estaba derritiendo con tan solo una caricia.

—Me estoy volviendo loco —admitió Reed en un susurro, mirándola a los ojos—. Cada día hueles de manera diferente y me despierto preguntándome cuál será. Después necesito acercarme para averiguarlo. Y, una vez cerca, no quiero alejarme.

—Son mis jabones —murmuró ella, sorprendida de poder hablar teniéndolo tan cerca.

—Sí, eso ya me lo había imaginado. Y ahora ya sé que cuando te los pasas por el cuerpo estás mojada y desnuda.

Lilah tomó aire, tenía el estómago encogido. Reed iba a volver a abrazarla, estaba segura. Pensó en salir corriendo de la habitación, pero no supo si las piernas le responderían. Así que decidió intentar utilizar la razón.

—De acuerdo, tal vez deberíamos dejar de…

—Sí. Tal vez deberíamos, pero no vamos a hacerlo.

—No, no vamos a hacerlo.

Capítulo Seis

Una vocecilla en su interior le gritó a Lilah que, dada la situación, sería mucho mejor que mantuvieran las distancias. No obstante, nunca se había sentido así, así que le dijo a la vocecilla que se callase.

Aquello era ridículo, y lo sabía, pero no podía evitar sentir deseo. Tenía el corazón acelerado, le costaba respirar y todo su cuerpo parecía estar ardiendo. Aquel hombre tenía demasiado poder sobre ella. Era tocarla y desatar una tormenta en su interior.

—Esto no va resolver nada —consiguió decirle.

—Lo sé —respondió él antes de volver a besarla.

Ella dejó de pensar y le devolvió el beso.

Lo abrazó con fuerza mientras su cuerpo temblaba de deseo. Reed bajó las manos de su rostro para explorar sus curvas con avidez. Le acarició la espalda de arriba abajo, llegando hasta el trasero, y después subió a los pechos, como si quiera acariciar su cuerpo entero a la vez. Ella gimió.

La casa estaba en silencio, por lo que tuvieron la sensación de que estaban a solas, pero solo les duró un instante, porque ambos se dieron cuenta enseguida de que no lo estaban.

El grito del bebé hizo que rompieran el beso y se apartaran rápidamente.

—¿Qué ha sido eso? —preguntó Reed, aterrado—. Da la sensación de que la están torturando.

—No —respondió Lilah riendo mientras se apartaba el pelo de la cara con manos temblorosas—. Es solo que es hora de la siesta.

—Santo cielo.

Lilah volvió a reír al ver la expresión de Reed. Era evidente que no sabía nada acerca de niños, y aquel momento era tan bueno como cualquier otro para que empezase a aprender. Todavía con las piernas temblorosas, Lilah se acercó a él de nuevo y le dio una palmadita en el pecho.

—Ahora mismo vuelvo.

De camino a la cocina, respiró hondo varias veces para tranquilizarse. Una vez allí, vio a Connie con Rosie en brazos, acariciándole la espalda y murmurándole algo al oído. Al ver llegar a Lilah, comentó:

—Está cansada, pobrecita.

—Es la hora de su siesta —le respondió ella—. Si tuviésemos comida y sus cosas aquí, la pondría a dormir arriba, pero como no tenemos nada, será mejor que volvamos al hotel.

—Buena idea —admitió Connie, dándole a la niña—. Mientras tanto, yo iré a hacer la compra para que todo esté preparado cuando volváis mañana.

Rose apoyó la cabeza en el hombro de Lilah, pero no dejó de llorar. Ella le acarició la espalda y sonrió a Connie.

—Me alegro mucho de que vayas a formar parte de la vida de Rose.

—Yo también —le respondió la otra mujer mientras

76

empezaba a abrir armarios–. La jubilación es para los viejos. A decir verdad, estaba empezando a aburrirme mucho.

Lilah y Rosie salieron de la cocina para volver al salón, donde se había quedado Reed.

Lilah se sintió feliz con la niña en brazos, aunque no pudiese imaginarse viviendo sin ella. Le picaron los ojos solo de pensarlo, pero contuvo las lágrimas. La casa era acogedora, a pesar de su tamaño. Y estaba segura de que a Rosie le encantaría vivir allí. Lilah deseó poder quedarse ella también para verla crecer.

Cuando entraron en el salón, Reed se giró y miró a la niña con cautela.

«Perfecto», pensó Lilah, sabiendo que no era inmune a ella. Aunque todavía tuviese que aprender a quererla, era normal que tuviese dudas, teniendo en cuenta su pasado. Un pasado que, a juicio de Lilah, ya era hora que fuese dejando atrás.

–¿Está bien? –preguntó.

–Está bien –le respondió ella–. Cansada.

–En ese caso, deberíamos marcharnos.

Tomó la chaqueta de su traje del sofá y se la puso.

–Dame las llaves de tu coche de alquiler, lo traeré hasta la puerta.

–Por supuesto –respondió Lilah, dándole a la niña–. Yo traeré el coche.

Él la miró como si acabase de caer en una trampa, pero abrazó a Rosie.

–Yo no…

–Mira, ha dejado de llorar contigo –lo interrumpió ella–. No tardaré ni un minuto en volver con el coche.

Salió de la habitación deprisa, pero se detuvo en la puerta para mirarlos. Reed y Rose se estaban mirando como el que descubre un mundo nuevo. Y tal vez fuese exactamente aquello lo que estaban haciendo.

Enseguida estuvieron instalados en la casa nueva.

Reed se pasaba los días trabajando, atendiendo a clientes y pensando en la mujer que en aquellos momentos vivía en su casa. Por primera vez en su vida, no se podía concentrar. Actuaba por inercia, iba a los juicios, se reunía con mediadores y aconsejaba a sus clientes, pero una parte de su mente no estaba centrada en el trabajo, sino en Lilah Strong.

No podía dejar de pensar en aquellos besos que no debían haber tenido lugar, lo atormentaban de día y de noche. No podía dormir ni trabajar al mismo ritmo al que estaba acostumbrado.

Habían puesto su vida patas arriba y solo había un modo de solucionarlo. Lilah no se marcharía hasta que supiese que Rosie iba a ser feliz. Así que la única manera de hacer que se marchase y de recuperar su vida normal era demostrarle que Rose y él no la necesitaban.

Además, Lilah tenía razón en que él tenía que conocer a la pequeña. Al fin y al cabo, había accedido a criarla, así que tenía que sentirse cómodo con ella.

Aquel era el motivo por el que en esos momentos estaba de rodillas frente a la bañera, casi tan mojado como la niña que estaba dentro de ella.

–Ella piensa que no somos capaces de hacerlo –murmuró Reed sin apartar la mano que tenía en la espalda de Rose, que lo salpicaba alegremente y reía.

Reed la miró a los ojos verdes y le dio un vuelco el corazón. Hasta aquella noche, había hecho lo posible por evitar el contacto con ella por miedo a tomarle cariño. El cariño era la puerta hacia el dolor, el sufrimiento, el miedo y muchos otros sentimientos negativos.

Y mientras su corazón se seguía encogiendo, Reed se dio cuenta de que ya no había marcha atrás. Unos minutos a solas con la niña le habían hecho emprender un camino que llevaba evitando toda la vida.

Era muy pequeña, pero Rose ya era una personita, con una sonrisa encantadora y una personalidad muy fuerte. Por extraño que pareciese, a Reed le gustó que tuviese aquel genio. Sabría cuidar de sí misma.

Pero él también estaría a su lado. Había tomado una decisión e, independientemente de lo que opinase Lilah, él sabía que su vida ya no volvería a ser la misma.

—Me aseguraré de que estés a salvo, Rose.

La niña se echó a reír y a él se le volvió a encoger el corazón.

—Me vas a destrozar, ¿verdad? —le dijo, pasando la suave esponja por su espalda—. Sí, eres una rompecorazones. Lo veo en tus ojos. Y vas a por mí.

Suspiró y se dijo que había sido inevitable. Desde que Lilah había llegado a su despacho con la hija de Spring, su destino había sido aquel. Había sabido desde el principio que Rose quebrantaría sus defensas. Toda la vida había tenido cuidado con mantener las distancias con los demás. Había querido a sus hermanos, por supuesto, pero también había sido distante con ellos, al menos, lo necesario para protegerse. Pero aquel bebé sonriente había podido con él. Reed respiró hondo e intentó aceptar aquella nueva realidad.

—Ya es hora de salir —le dijo a Rose, y se echó a reír al ver que la niña pataleaba y se echaba agua en su propia cara.

Dejó de sonreír y los ojos se le llenaron de lágrimas.

—Ahora ya no te parece tan divertido, ¿eh? —le dijo él.

La niña hizo un puchero y Reed supo que se iba a poner a llorar, así que la levantó rápidamente del agua, la envolvió en una toalla y se la apretó al pecho.

—Eh, no pasa nada. Es solo agua.

Ella lo miró con cautela y, después de un minuto o dos, volvió a sonreír.

A Reed se le encogió el corazón de nuevo y él se dijo que debía tener cuidado. Tal vez debiese demostrarle a Lilah que se preocupaba por Rose, pero que al mismo tiempo tenía cuidado para que esta no le rompiese el corazón.

De pie en el cuarto de baño, se vio en el espejo, despeinado y con un bebé en brazos. Después de aquello Lilah se daría cuenta de que podía ocuparse de Rose. Y eso era bueno. Lilah se marcharía cuando viese que había un vínculo entre la niña y él, y él podría recuperar su vida y dejar de pensar en aquella mujer.

Reed se preguntó si se estaría volviendo loco. Llevaba una temporada como aturdido y tenía la sensación de que era por culpa de Lilah. El deseo lo estaba ofuscando.

–Qué estupidez.

–¿Qué es una estupidez? –preguntó Lilah desde la puerta.

Él gimió en silencio. Ni siquiera la había oído llegar. Sacudió la cabeza y la miró a través del espejo. Estaba muy guapa. Incluso con unos vaqueros desgastados y una camiseta azul clara Lilah Strong era muy atractiva, habría desestabilizado a cualquier hombre, pero no se lo podía decir. Así que mintió.

–Nada. Rose me estaba diciendo que USC va a ganar a UCLA este otoño y yo le he respondido que eso es una estupidez. A los Bruins no los gana nadie.

–Entonces, ¿a Rosie le encanta el fútbol americano?

–¿Y a quién no?

Ella lo miró fijamente y Reed se dio cuenta de que podía perderse en aquellos ojos azules, del color del cielo en verano, del agua de un lago. Su melena pelirroja no dejaba de fascinarlo, sobre todo, después de haber enterrado las manos en ella. Tenía los labios carnosos y cuando sonreía le salía un único hoyuelo. Reed no podía dejar de pensar en besarla otra vez.

Tenía un problema serio, y cuando respiró profundamente y aspiró su olor a lilas sintió ganas de gemir. ¿Por qué no podía utilizar todos los días el mismo perfume? Tanto cambio lo estaba volviendo loco.

–¿Estás bien? –le preguntó ella.

–¿Qué? Sí. Estoy bien.

Estupendamente. No sabía cómo, pero aquella mujer siempre conseguía que bajase la guardia, otro motivo para mandarla de vuelta a su casa lo antes posible.

–¿Querías algo?

–Solo decirte que está aquí tu hermana Savannah.

–¿Aquí?

–Sí, justo aquí –respondió Savannah desde detrás de Lilah.

El enorme baño estaba empezando a resultar pequeño para tanta gente.

–Jamás pensé que vería algo así –comentó esta–. Reed Hudson bañando a un bebé.

Él suspiró al oír bromear a su hermana, que tenía el pelo corto y moreno, y los ojos del mismo color verde que los suyos. Savannah, su hermano James y él eran la primera tanda de Hudson, y tenían muy buena relación.

Aunque le sorprendía verla allí, no era de sorprender. Un par de días antes, Reed había enviado un correo electrónico a toda la familia para informarles de su nueva dirección. Solo era cuestión de tiempo que empezasen a aparecer por allí a pedirle ayuda para alguna cosa.

–¿Qué ocurre, Savannah? –le preguntó a su hermana.

Savannah era muy observadora y Reed no quería que se diese cuenta de lo que le ocurría con Lilah.

–Nada. Solo quería ver tu casa nueva, al bebé de Spring y…

82

–¿Y?

Reed esperó, sabiendo que había un motivo real para aquella visita. Ninguno de sus hermanos iba a verlo salvo que necesitase algo.

–Está bien –respondió ella–. Quiero utilizar el jet familiar, pero el piloto dice que no va a despegar si no se lo dices tú.

Reed frunció el ceño.

–¿Adónde quieres ir?

–Solo a París, una semana o dos. Necesito un cambio de aires.

Savannah hizo un puchero con la boca, gesto que siempre le había funcionado con su padre, pero que no tenía el mismo efecto en Reed.

–He roto con Sean y necesito tiempo. Ya sabes cómo es… –dijo esto último mirando a Lilah, que los había estado observando en silencio.

Al ver que Lilah no parecía ponerse de su parte, se giró de nuevo hacia Reed.

–Venga, Reed. Sé bueno. Tú no vas a utilizarlo en un par de días, ¿verdad?

–No –admitió él.

–Entonces, ¿cuál es el problema?

Savannah se giró de nuevo.

–Te llamas Lilah, ¿no? Tú me entiendes, ¿verdad? Sabes cómo se siente una cuando necesita un respiro.

Lilah sonrió y negó con la cabeza.

–No, no lo sé. Cuando quiero desconectar del trabajo, voy a la ciudad, pero nunca he estado en París.

–No me lo puedo creer –comentó Savannah, como si Lilah acabase de confesarle que era una asesina en serie–. ¿De verdad? Tienes que ir. Que te lleve Reed. Después de mi viaje, por supuesto.

Mientras su hermana hablaba de las maravillas de la Ciudad de la Luz, Reed hizo cosquillas a Rosie porque quería verla sonreír. Entonces sintió un líquido caliente en el brazo.

–Oh, oh.

Y se dio cuenta de que tenía que haberle puesto un pañal nada más sacarla de la bañera.

–¿Qué ocurre? –preguntó Lilah al instante.

–Nada –murmuró Reed–, que acaba de…

Savannah se echó a reír.

–¡Se te ha hecho pis encima! Spring se habría muerto de la risa al verlo…

Fue decir aquello y se hizo un frío silencio. Savannah estaba muy seria de repente. Sacudió la cabeza y tragó saliva.

–No me puedo creer que ya no esté aquí.

–Yo me siento igual –admitió Lilah en voz baja, apoyando una mano en el brazo de Savannah–. Para mí era una buena amiga, pero era vuestra hermana, lo siento mucho.

Perdido en el dolor del rostro de su hermana, Reed agradeció las palabras de Lilah. Él no podía ayudarla porque no había procesado la pérdida todavía.

–¿Es ese el motivo por el que quieres ir a París? –le preguntó Reed.

–Sí –admitió Savannah suspirando–. Sean ha sido la gota que ha colmado el vaso, pero Spring… Fuimos a París juntas hace cinco años, ¿te acuerdas?

Reed esbozó una sonrisa cansada.

–Recuerdo que me llamó un gendarme a media noche para preguntarme si estaba dispuesto a pagar la multa que os habían puesto por bañaros en una fuente pública.

Savannah dejó escapar una carcajada, se tapó la boca.

–Es verdad, se me había olvidado. Lo pasamos tan bien en aquel viaje que me gustaría volver. Recordar.

Reed la miró a los ojos y se dio cuenta de la tristeza que había en ellos. Entendía cómo se sentía. Él se sentía igual. Tenía en brazos a la hija de su hermana, que jamás conocería a su madre. Él no volvería a ver a Spring jamás. No volvería a oír su risa y lo que más le dolía era que hubiesen discutido la última vez que habían estado juntos. No se podía volver atrás.

–Supongo que te gustará saber que Spring era muy feliz –le estaba diciendo Lilah a Savannah–. Tenía muchos amigos.

Savannah la miró fijamente y después asintió.

–Gracias. Y a ti te gustará saber que mi hermana me hablaba de ti y de lo buena que eras con ella. Le encantaba su trabajo.

A Reed le sorprendió que Savannah supiese que Spring había estado trabajando. ¿Por qué nadie se lo había contado a él?

–Me alegro mucho de haber venido en persona en vez de haberte llamado por teléfono, Reed –le dijo su hermana–. Me gusta verte con el bebé y estoy segura de que Spring estaría encantada también.

–Sí, eso es cierto –admitió él.

Miró al bebé, después a Savannah y por último a

Lilah, y se dio cuenta de que estaba rodeado de mujeres, y eso que faltaba Connie, que estaba en la cocina. Sí, a Spring le habría encantado verlo así. Sonrió al pensarlo.

Su vida había cambiado mucho en un par de semanas.

—¿Entonces? —le preguntó Savannah—. ¿Puedo utilizar el avión?

Él asintió.

—Llamaré al piloto.

Lilah lo miró y sonrió. Y él tuvo la sensación de que acababa de ganar una medalla.

—Savannah me ha parecido muy agradable —comentó Lilah después, mientras se tomaba un té acompañado de las maravillosas galletas de chocolate de Connie, en compañía de esta.

Estaba en la cocina y a Lilah le encantaba aquel lugar. Era una cocina de revista, con vistas al jardín trasero.

—Savannah siempre ha tenido un gran corazón, aunque es un poco rebelde. Siempre está tramando algo —comentó riendo Connie—. No sabes cuántas noches pasaba en mi cocina, castigada fregando platos.

Lilah sonrió.

—Reed me ha contado que fuiste como su madre.

Connie se ruborizó y negó con la cabeza.

—No, aunque entiendo que lo sintieran así. Y me ha gustado ver a Savannah, aunque haya sido una visita tan rápida.

Rapidísima, Savannah se había ido enseguida a preparar la maleta para marcharse a París. Con respecto a Reed, después de ponerle el pijama a Rose y meterla en la cama, se había encerrado en su despacho, del que no había salido en horas.

Y Lilah se había visto obligada a dejarlo a solas. Aunque su gesto había sido de tristeza al ver que Savannah se marchaba tan pronto, pero no había dicho nada. No le había pedido que se quedase un rato con él a tomar un café. Lilah empezaba a tener la sensación de que intentaba guardar las distancias con todas las personas que le importaban.

¿Siempre habría sido tan hermético? ¿O sería un mecanismo de autodefensa? Si era así, ¿de qué pretendía protegerse? Lilah tenía muchas preguntas acerca de Reed, y sabía que la única manera de obtener respuestas era hablando con la mujer que lo había criado.

—Me ha dado la sensación de que a Reed no le sorprendía que Savannah se marchase tan pronto.

—Está acostumbrado –respondió Connie–. Todos los hermanos entran y salen de su vida así.

Dejó su taza de té y continuó:

—Se quieren, pero todos son solitarios. Supongo que es lo normal, teniendo en cuenta que sus padres se ocupaban poco de ellos. Y, desde que Reed era adolescente, los demás acudían a él para que resolviese sus problemas.

A Lilah, que había crecido con el amor de sus dos padres, le dolió oír aquello.

—Pero si él también era un niño –comentó.

87

Connie rio.

—Yo creo que Reed nació ya adulto. Nunca se metía en problemas, siempre hacía lo que se esperaba de él. Tenía su propio... código, diría yo. Sus propias reglas, incluso de niño. La verdad es que a mí me habría gustado verlo rebelarse un poco, pero siempre ha tenido la madurez que no tenían todos los demás, incluidos sus padres.

—¿De verdad?

—No me malinterpretes. Sus padres no son malas personas. Quieren a sus hijos, pero son... despreocupados. Y algún día se harán viejos y se preguntarán por qué esos hijos no van a verlos.

Suspiró.

—En realidad no tienen relación con sus hijos, y eso a mí me parece muy triste.

—Lo es —respondió Lilah—. ¿Reed ve mucho a sus hermanos?

—La verdad es que yo llevaba un par de años sin tener relación con él, pero cuando los niños vienen a verme me suelen hablar de Reed.

—¿Van a verte?

—Por supuesto —contestó Connie riendo—. Soy la que les daba azotes, les limpiaba las lágrimas y los cuidaba cuando estaban enfermos.

Lilah se alegró de que hubiesen tenido a Connie y de que esta fuese a cuidar de Rose también.

—Reed me ha comentado lo importante que eres parar ellos. Para él.

Connie sonrió complacida.

—Son buenas personas, todos ellos. Y van a echar

mucho de menos a Spring —dijo, respirando hondo—. Tal vez Reed el que más, cuando se permita llorar su pérdida. Siempre ha sido el que cuidaba de los demás, y perder a Spring le ha dolido mucho. Es evidente.

—Yo también me he dado cuenta —comentó Lilah.

Aquella noche, con la visita de Savannah, todavía más. Y a ella le había dolido mucho verlo así.

Al llegar allí había pensado que lo odiaría nada más verlo, que le caería mal porque se iba a quedar con Rose, pero estaba empezando a sentir algo por él, a comprenderlo.

—Los demás también vendrán de vez en cuando. Van y vienen, sobre todo, cuando necesitan algo. Reed nunca dice nada, pero imagino que eso le molesta.

—Molestaría a cualquiera —dijo Lilah, ofendiéndose en su nombre.

—Reed es fuerte. Se ha acostumbrado —añadió Connie, dando un sorbo a su té—, pero hay una línea muy delgada entre ser fuerte y ser duro. Y me preocupa que no se dé cuenta.

A Lilah también le preocupaba. El muro que Reed había levantado a su alrededor era tan sólido que en ocasiones le parecía impenetrable, aunque también había habido varias ocasiones en las que se había dado cuenta de que tenía grietas.

—Bueno —anunció Connie—, mañana tengo que madrugar, así que me voy a la cama. Deja las tazas aquí, en la mesa, y ya las fregaré.

—De acuerdo. Hasta mañana.

Lilah vio salir a Connie y se quedó allí un minuto

más, escuchando el silencio. Miró la hora, eran las once y debía irse a la cama, Connie tenía razón, ella también tenía que madrugar, porque Rosie solía levantarse temprano.

No obstante, no tenía ganas de meterse a la cama. Estaba… inquieta.

Se puso en pie, apagó la luz y fue hacia el pasillo. Todavía tenía en la cabeza la conversación mantenida con Connie. Lo que la hizo pensar en Reed. Eso no la sorprendió, llevaba un par de semanas sin poder sacárselo de la cabeza.

Además de la atracción que había sentido por él desde el principio en esos momentos también sentía admiración y… no pena, porque él no necesitaba su compasión, pero sí se sentía mal al pensar que su familia solo acudía a él cuando necesitaba algo.

Y cuanto más pensaba en Reed, más quería verlo, hablar con él. Quería estar segura de que no estaba triste o deprimido o… Solo quería verlo, así que, sin pensárselo dos veces, fue en dirección a su despacho y llamó a la puerta.

Capítulo Siete

–¿Qué ocurre?

No parecía contento y Lilah estuvo a punto de cambiar de opinión, pero entonces recordó su mirada cuando, junto a Savannah, habían recordado a Spring. No, no iba a dejarlo solo hasta que no confirmase que estaba bien.

Abrió la puerta, asomó la cabeza y preguntó:

–¿Estás ocupado?

Era evidente que no. La luz estaba apagada y el fuego de la chimenea creaba extrañas sombras en el techo y las paredes.

No estaba sentado detrás del escritorio, sino en un sillón, al otro lado de la habitación, delante de la chimenea de piedra. En la mesa de al lado había un vaso con un líquido ambarino que parecía whisky.

Estaba despeinado, como si se hubiese pasado la mano por la cabeza repetidas veces. Llevaba puesta una camiseta de manga corta negra y unos vaqueros desgastados, con los que estaba tan guapo como cuando iba de traje. Iba descalzo y Lilah volvió a preguntarse por qué, de repente, unos pies le parecían tan sexys.

–Me alegro de que no estés ocupado –le dijo, entrando y sentándose en el sillón de al lado del suyo.

Reed frunció el ceño.

–Yo no he dicho eso.

–Yo sí. Estás tomándote una copa y observando el fuego. Eso no es estar ocupado, es estar melancólico.

–No estoy melancólico –la contradijo–. Estoy ocupado pensando.

–¿En qué?

Reed frunció el ceño todavía más y a Lilah le pareció que se ponía muy guapo. Él debía de pensar que iba a intimidarla, pero estaba equivocado.

–Eres muy entrometida –le dijo, mirándola fijamente.

–Si no, no se entera uno de nada –argumentó ella, tomando el vaso de Reed y dándole un sorbo.

El líquido le calentó la garganta y le ardió en el estómago.

–¿Quieres un poco? –preguntó Reed.

–No, gracias, un sorbo ha sido más que suficiente. ¿Cómo lo soportas?

–Hay que desarrollar el gusto por el whisky de cien años. Yo lo he hecho.

Lilah imaginó que Reed pensaba que si era lo suficientemente brusco con ella, se marcharía, pero volvía a equivocarse. Miró a su alrededor y le gustó cómo había quedado la habitación. Había estanterías detrás del escritorio, en toda la pared, y en la de enfrente, cuadros y diplomas. La chimenea ocupaba la tercera pared y la cuarta eran todo ventanales. Era un lugar masculino, pero acogedor.

–Tu hermana me ha parecido agradable.

Él resopló y tomó el vaso para darle un sorbo.

—Savannah es un torbellino. No suelen ser agradables.

Lilah se dio cuenta de que Reed quería a su hermana, por mucho que hablase así de ella, solo se estaba haciendo el duro.

—¿La ves con frecuencia?

Reed la miró de reojo.

—¿Estás escribiendo un libro?

—¿Estás tú guardando secretos? —replicó Lilah sonriendo para suavizar la acusación.

Él suspiró y volvió a mirar hacia el fuego.

—Se deja caer de vez en cuando.

—¿Cuando necesita algo? —preguntó ella, para ver su reacción.

—Por lo general —respondió Reed, volviendo a mirarla—. ¿Por qué me estás haciendo tantas preguntas?

—Como he dicho, si quieres respuestas tienes que hacer preguntas. Y yo me preguntaba si os veíais mucho los hermanos.

—¿Y qué importa eso?

Lilah no podía responderle que le preocupaba que sus hermanos se estuviesen aprovechando de él, así que mintió:

—Quiero saber si Rose va a ver con frecuencia a sus tíos y tías.

Reed dio otro sorbo y vació el vaso.

—Ya te he dicho que la voy a cuidar.

—Eso no te lo discuto —respondió ella, pensando que no quería discutir con él.

Solo quería… hablar. Y asegurarse de que estaba bien.

—Algo es algo —contestó Reed poniéndose en pie y acercándose al mueble bar que había en una esquina para rellenarse el vaso—. Llevas discutiendo conmigo desde que te conocí.

—La verdad es que tú también has discutido mucho conmigo —contraatacó ella, poniéndose en pie y acercándose a él.

Reed la miró fijamente y Lilah sintió que se derretía por dentro. Respiró hondo e intentó tranquilizarse.

—¿Y ahora, qué? —preguntó Reed—. ¿Somos amigos?

—Podríamos serlo —fue la respuesta de Lilah, aunque no estaba segura de que la atracción se lo permitiese.

—No puede ser —sentenció él.

Se giró hacia ella y a Lilah le dio un vuelco el corazón, se puso nerviosa, pero no quiso marcharse de allí.

«Tonta», le dijo una vocecilla en su interior, pero ella no la escuchó. No quería pensar demasiado en lo que había entre ellos, no quería que aquel momento terminase.

—¿Por qué no?

—Porque yo no quiero ser tu amigo, Lilah. Lo que quiero de ti es muy distinto.

Ella volvió a respirar, pero no se sintió mejor. Se sentía hipnotizada por sus ojos verdes. No podía apartar la vista de ellos. Quería seguir así hasta que lo supiese todo de él. Hasta que el muro que lo rodeaba cayese al suelo.

—Mis amigos no huelen tan bien como tú —comentó Reed en voz baja–. Ni tienen un pelo que parece oro y que es suave como la seda.

Lilah tembló. Al llamar a la puerta del despacho ya había sabido a lo que se exponía. Llevaba dos semanas sin poder pensar en otra cosa que no fuese Reed Hudson. Hasta soñaba con él.

–¿Y si yo tampoco quisiese ser tu amiga? –susurró.

–En ese caso, yo diría que estamos desperdiciando un tiempo precioso aquí, hablando, cuando podríamos estar haciendo algo mucho más interesante.

Lilah sintió que todas las células de su cuerpo despertaban. Sonrió.

Él se acercó, sus camisas se rozaron. Lilah sintió el calor que emanaba su cuerpo y supo que ella también estaba ardiendo. Reed inclinó la cabeza, aspiró hondo y murmuró:

–Hoy hueles a vainilla. Me gusta.

–Demuéstramelo –lo retó, dándole un beso que hizo vibrar todo su cuerpo, igual que la vez anterior.

Él la abrazó, le pasó las manos por la espalda y después la agarró con fuerza por el trasero, para que Lilah pudiese sentir cómo había reaccionado su cuerpo ante el beso. Saber que sentía lo mismo que ella la excitó todavía más.

Reed avanzó hacia delante, haciéndola retroceder hasta el escritorio, sin que sus labios se separasen.

Lilah pensó que hacía mucho tiempo que no había estado con un hombre y que, en todo caso, nunca había sentido algo semejante. Aquello era una experiencia totalmente nueva. Increíble. Reed besaba de infarto.

Dejó de besarla en los labios para bajar a su cuello y Lilah gimió y echó la cabeza a un lado para facilitarle la acción, para pedirle más.

Él pareció entenderla, porque le acarició los pechos e incluso metió las manos por debajo de la camiseta y del sujetador de encaje. A Lilah se le endurecieron los pezones. Echó la cabeza hacia atrás y sintió que se quedaba sin aire. Con la mirada clavada en el techo, observó las sombras que creaba el fuego.

Sentir solo podía sentirlo a él, apretándola contra el escritorio, con los muslos pegados a los suyos. Aferrada a su cintura, sintió que quería tenerlo dentro, encima. Cada vez lo deseaba más.

Era alto, fuerte, musculoso. Empezó a desabrocharle la blusa y Lilah se sintió impaciente, intentó ayudarlo.

—Ya está —susurró él con voz ronca—. No me ayudes.

—De acuerdo —respondió Lilah agradecida de que Reed todavía pudiese moverse, porque ella se sentía casi paralizada por las exigencias de su cuerpo.

Reed terminó con los botones de la blusa y se la quitó. Hacía frío a pesar de la chimenea y Lilah se estremeció, pero entonces Reed volvió a acariciarle los pechos y sintió calor.

Él le desabrochó el sujetador y la acarició de nuevo. Volvió a besarla y a Lilah le encantó.

—Ahh —suspiró.

—Solo es el principio —le prometió Reed.

Y ella pensó que era la primera vez que se sentía así, que sentía tanto, que deseaba tanto. Ningún otro hombre había conseguido dejarle la cabeza en blanco y hacerla sentirse tan viva.

Estaba más que preparada para lo siguiente, y se lo hizo saber tomando su rostro con ambas manos y besándolo.

Pero los besos no fueron suficiente.

Metió las manos por debajo de su camiseta y las apoyó en sus fuertes pectorales.

Él dejó de respirar un instante y entonces se quitó la camisa por la cabeza y volvió a apretar su cuerpo contra el de ella. Piel con piel.

–Ya está –dijo Reed de repente–. Hemos terminado aquí.

–¿Qué? ¿Qué? –preguntó ella con desesperación.

–Vamos a mi habitación. A la cama.

Lilah pensó que no quería esperar tanto.

–No necesitamos una cama.

–Tengo los preservativos en mi habitación –insistió él.

–Ah, sí, por supuesto. Eso sí que lo necesitamos.

Tomó su blusa con una mano y le dio la otra a Reed. Dejaron el despacho y avanzaron por el pasillo a oscuras.

Al llegar a la habitación de Reed, la luz de la luna entraba por la ventana como un río de plata que iba a parar a la enorme cama. El edredón azul oscuro parecía tan grande y oscuro como el propio cielo. Y cuando Reed la tomó en brazos para dejarla en él, Lilah sintió que volaba por el espacio.

Entonces Reed se tumbó a su lado y volvió a besarla.

Lilah tiró la blusa a un lado y se quitó el sujetador. No quería que nada se interpusiese entre ellos. Deseaba a Reed y no quería esperar más. Por primera vez en su vida, estaba fuera de control.

Él sonrió, como si supiese lo que estaba pensando y estuviese completamente de acuerdo.

–Ahora, los vaqueros –murmuró, acercando las manos para desabrochárselos.

Pero Lilah fue más rápida que él. Un segundo después los tenía quitados.

Si hubiese estado en su sano juicio, se habría sentido avergonzada, incómoda, por estar desnuda en su cama, con el aire frío de la noche besándole la piel, y el fuego de los ojos de Reed calentándola, pero no quería pensar. Solo quería sentir.

–Ahora te toca a ti –le dijo con impaciencia.

Llevaba dos semanas muy largas sintiendo una tensión tremenda que casi le había impedido dormir por las noches.

No apartó la vista de él mientras se desnudaba rápidamente. Tenía un cuerpo precioso. Los músculos del pecho parecían esculpidos, las caderas eran estrechas, las piernas largas y… Lilah abrió mucho los ojos y dejó de respirar.

Él sonrió de nuevo.

–Deja de leerme la mente –le pidió ella.

–Me resulta muy interesante –replicó Reed, volviendo a su lado y dándole un beso en el vientre plano para después subir a los pechos.

Lilah arqueó la espalda, clavó los talones en el colchón y se apretó contra su hábil y maravillosa boca.

Le agarró la cabeza para que Reed mantuviese la boca en su pecho, dibujándole sensuales círculos alrededor del pezón.

–Qué bien sabes –le susurró Reed antes de darle otro lametazo.

–Son mis jabones –respondió ella, suspirando–. Son orgánicos. Podrías comértelos si quisieras.

–Tu olor lleva volviéndome loco dos semanas –admitió él, mirándola un instante antes de volver a pasar la boca por su cuerpo–. Todas las noches me quedo despierto preguntándome cómo vas a oler a la mañana siguiente. ¿A limón?

Le dio un beso.

–¿A naranja?

Otro beso.

–¿A canela?

Otro beso.

Fue bajando por su piel hasta llegar más abajo del ombligo, donde Lilah deseaba tenerlo. Esta contuvo la respiración mientras Reed se arrodillaba entre sus piernas e inclinaba la cabeza…

–Ah.

Lilah arqueó la espalda al notar su boca allí, mientras su lengua la acariciaba. Reed la agarró por el trasero y después le acarició los pechos sin apartar los labios de su sexo.

Ella enterró las manos en su pelo, no quería que parase jamás, aunque al mismo tiempo quería tenerlo dentro, llenándola, aliviando el anhelo que iba creciendo en su interior.

Su lengua la acarició, su aliento le empolvó la piel,

intentando aliviarla e intentando hacer que la sensación durase al mismo tiempo. La tensión aumentó tanto que cada respiración era una victoria. Lilah se sintió aturdida, su cuerpo solo quería llegar a un éxtasis que estaba fuera de su alcance.

Reed aumentó la presión, se movió más rápidamente. A ella le encantó, pero lo odió al mismo tiempo. Sacudió la cabeza a un lado y a otro. Sus caderas se movían solas contra él. Había perdido el control, no le importó. Lo único que quería era… Sintió la primera sacudida y se preparó para lo que iba a llegar.

Pero habría sido imposible prepararse para semejante sensación. Echó la cabeza hacia atrás, cerró los ojos y dejó que su cuerpo se sacudiese de placer.

–Reed… Reed… –balbució mientras intentaba tomar aire.

Todavía estaba temblando cuando notó que este se apartaba y que abría y cerraba un cajón.

Unos segundos después, Reed volvió a cubrir su cuerpo y la penetró. Lilah dio un grito ahogado, se sentía completa. La erección de Reed era grande, fuerte, y ella tuvo la sensación de que sus cuerpos encajaban a la perfección.

–Eres preciosa –le susurró él–. Me encanta ver cómo llegas al clímax.

Ella se echó a reír.

–Pues presta atención, porque va a ocurrir otra vez.

Él rio antes de meterle la lengua en la boca y entrelazarla con la suya. Pasó una mano por su cuerpo para detenerla en uno de los pechos mientras se movía en su interior con un ritmo salvaje que a Lilah le robaba el aliento.

Esta levantó las piernas, lo abrazó por las caderas y se aferró a sus hombros con las manos, clavándole las uñas en la piel. Lo miró a los ojos verde esmeralda y terminó de perder el poco juicio que le quedaba.

Y entonces sintió que volvía a llegar al borde del abismo y se movió con él. Gritó su nombre y volvió a sacudirse de placer. Aturdida, lo oyó gemir, notó cómo temblaba y lo abrazó mientras ambos rozaban el cielo.

Minutos, o tal vez horas después, Lilah se movió con poco entusiasmo. Estaba muy bien como estaba, con el cuerpo de Reed apretándola contra el colchón, pero no sentía las piernas.

Pensó que no había estado preparada para un hombre como Reed Hudson. Era, en una palabra, increíble. Cambió de postura bajo su cuerpo y le pasó una mano por la espalda.

—Te estoy aplastando.

—¿Sí? —dijo ella sonriendo—. No me había dado cuenta.

En vez de responder, Reed se giró, pero se la llevó con él, colocándosela encima.

—Así está mejor.

Dado que ya podía respirar, Lilah estuvo de acuerdo. Le apartó el pelo de la frente y comentó:

—La espera ha merecido la pena.

—Sí —respondió él, mirándola a los ojos—. Supongo que sí.

Le acarició la espalda muy despacio y después cerró los ojos y dejó el brazo apoyado en su cintura. Lilah aprovechó para estudiarlo. Siempre que hablaban, o cuando estaban en la misma habitación, la expresión de Reed era hermética y había cautela en su mirada. Le gustó verlo así, relajado.

Pero fue pensar aquello y corregirse sola, habían hecho aquello por deseo, no por amor. No había sentimientos implicados, y era lo mejor.

Por espectacular que hubiese sido su encuentro, no había cambiado absolutamente nada. En todo caso, había complicado todavía más la situación. Había merecido la pena, eso sí, pero Lilah no solía cometer dos veces el mismo error. Así que, por mucho que lo odiase, aquello no se iba a repetir y aquel era mejor momento que cualquier otro para dar la noticia.

–Reed...

Él no respondió.

–Reed...

Se había quedado dormido.

–En fin, supongo que la conversación tendrá que esperar...

Sacudió la cabeza, se apartó de él y se tumbó de lado, mirándolo. No parecía joven e inocente mientras dormía. Parecía... exactamente lo que era: un hombre fuerte y poderoso que estaba descansando. Y, sin saber por qué, a ella se le volvió a encoger el corazón. Y eso no podía ser bueno.

Se levantó de la cama, tomó su ropa y salió del dormitorio, pero, desde el pasillo, no pudo evitar volver a mirarlo.

Parecía muy solo, allí tumbado, bajo la luz de la luna. Tan solo que Lilah estuvo a punto de volver a su lado. A punto. En su lugar, cerró la puerta de la habitación con cuidado.

Por la mañana, Reed ya había decidido exactamente lo que le iba a decir a Lilah. Imaginaba que esta sería como todas, y que también pensaría que el sexo era el paso previo a una relación, pero eso no iba a ocurrir.

No obstante, Lilah volvió a sorprenderlo. No solo no lo estaba esperando para hablar, sino que ni siquiera estaba en casa cuando él entró a la cocina a por un café. Connie le explicó que se había llevado a Rose a dar un paseo, y él se dijo que ya hablarían de lo ocurrido por la tarde, cuando volviese a casa de trabajar.

A casa. Poco a poco aquel lugar se estaba convirtiendo en su hogar. Y aquello también era por influencia de Lilah. Había amueblado la casa de tal modo que Reed se relajaba nada más entrar, cosa que jamás le había ocurrido en la moderna habitación de hotel.

Lilah estaba penetrando en todos los rincones de su vida y Reed sabía que no podía volver a dormir en su cama sin recordar lo que ambos habían compartido allí.

Había sido la experiencia más increíble de su vida, de acuerdo, pero eso no significaba nada. El sexo con Lilah había sido increíble porque se había pasado dos semanas fantaseando con ella, era verdad, pero eso no quería decir que él quisiese nada más.

Llevaba años creándose una vida ordenada y controlada. Gracias a su amplia y caótica familia había aprendido a mantener siempre una cierta distancia emocional. Sobre todo, porque si se implicaba en todos los problemas con los que su familia le pedía ayuda, su vida se habría convertido en el mismo caos que aquella de los que acudían en su ayuda.

Así que, desde que tenía memoria, el control había formado parte de su personalidad. Se guardaba sus pensamientos y emociones para él y solo mostraba al mundo lo que quería mostrar. Aquello le había permitido ganar dinero, hacerse una carrera y conseguir una fama de la que estaba orgulloso, y evitar los conflictos en los que se metía el resto de su familia.

Pero desde que Rose y Lilah habían llegado a su vida, había empezado a perder el control. Y no le gustaba.

Lo cierto era que Rosie ya se había hecho un hueco en su corazón. Y Lilah…

Se sentó en su despacho y giró la silla para mirar hacia el mar, pero en vez de ver el Pacífico, vio a Lilah. Sus ojos, su pelo, su sonrisa. La vio atendiendo a Rose, riendo con Connie y sentándose a su lado frente a la chimenea.

Se maldijo, la veía sobre todo en su cama. Desnuda, retorciéndose, diciendo su nombre mientras llegaba al clímax.

Antes de que llegase a ella Lilah Strong, su vida había ido sobre ruedas. Tal vez hubiese tenido momentos aburridos… eso era cierto. Él era aburrido. El trabajo ya no le gustaba tanto como unos años antes, veía a sus hermanos viviendo aventuras y, sí, equivocándose y pidiéndole ayuda, pero... Sus hermanos vivían la vida.

Mientras que él, como un viejo en una fiesta, se quejaba de las multitudes, del ruido, y todo le molestaba.

¿Cuándo se había convertido en un viejo gruñón?

—No soy un viejo gruñón —murmuró, como si necesitase oírlo para que fuese verdad—. Puedo pasarlo bien. Solo he decidido vivir siendo responsable.

Gruñó y entonces sonó el teléfono, era su secretaria.

—Dime, Karen.

—La señorita Strong está al teléfono. Insiste en hablar con usted.

Reed pensó que tal vez sería más fácil mantener por teléfono la conversación que tenían pendiente desde esa mañana. Aunque no le apeteciese. Era probable que Lilah se pusiese a llorar, que le dijese que lo amaba o algo parecido, pero él se mostraría frío, imparcial. Sería claro con ella.

—Pásamela.

—¿Reed?

Lilah parecía preocupada.

—¿Estás bien? ¿Y Rose? ¿Y Connie?

—Todo bien —respondió ella en un susurro—. Siento molestarte mientras estás en el trabajo, pero...

A esas alturas Reed ya se había olvidado de lo que quería decirle, solo podía preguntarse qué habría ocurrido en la casa para que Lilah lo hubiese llamado.

—¿Qué ocurre?

–Que hay un niño aquí…

–¿Qué?

–Un niño –añadió ella–. Dice que es tu hermano Micah.

Reed se puso en pie de un salto.

–¿Micah está en casa? Tendría que estar en el colegio.

–Pues está en la cocina, devorando todo lo que Connie le da. Dice que solo quiere hablar contigo.

–Voy para allá.

Reed colgó el teléfono, tomó la chaqueta del traje y, de camino a la puerta, se preguntó cuándo tendría tiempo de volver a aburrirse.

Capítulo Ocho

A Lilah le cayó bien Micah Hudson.

Tenía doce años, los mismos ojos verdes que Reed y un mechón de pelo oscuro que le caía constantemente sobre los ojos. También tenía mucho apetito. Ya se había comido dos sándwiches, medio paquete de patatas fritas y tres galletas de chocolate de Connie acompañadas de tres vasos de leche.

Todo ello mientras en su mirada había cautela, una expresión similar a la que Lilah había visto tantas veces en la de Reed. Lilah pensó que ningún niño debía sentir aquel recelo y le dolió verlo allí esperando, como asustado.

–Reed viene de camino –le informó mientras se sentaba enfrente del chico.

–Bien –respondió este–. ¿Se ha enfadado?

–No –le aseguró ella.

Se había sorprendido, pero no enfadado. Lilah tenía la esperanza de que Reed reaccionase con Micah como lo había hecho con Savannah, con paciencia y comprensión.

–Ha dicho que deberías estar en el colegio.

El niño agachó la cabeza y murmuró:

–No quiero ir al colegio. Quería venir a ver al bebé de Spring.

Miró a Rose, que le sonrió de oreja a oreja, y Micah no pudo evitar devolverle la sonrisa, que desapareció al volver a mirar a Lilah.

–No me dejan venir. Han dicho que mi padre tenía que firmar un papel para que me dejasen salir, y que no lo ha querido firmar.

Aunque el niño había llegado diciendo que solo hablaría con su hermano, fue empezar a hablar y no parar. Tomó otra galleta de chocolate, pero en vez de comérsela la hizo migas con los dedos mientras continuaba diciendo:

–Llamé a padre para decirle que quería venir aquí, pero él me dijo que no era posible, que me tenía que quedar en el colegio, donde estoy supervisado.

Enfatizó aquella última palabra.

–Pero Spring era mi hermana –continuó, con los ojos llenos de lágrimas que intentó contener–. Me quería y yo a ella. Y se ha muerto. Debería tener derecho a ver a Rose, ¿no?

–Eso pienso yo también –le respondió Lilah, poniéndose de su parte, pero sin criticar a su padre.

Alargó una mano y tocó su puño cerrado.

–Pues eso. Así que como tenía dinero salí del colegio, me compré un billete de autobús y aquí estoy.

–¿Dónde está tu colegio?

–En Arizona –murmuró él–. Y es un asco.

De Arizona a California había un buen trecho en autobús para que un niño hiciese el viaje solo, y Lilah se tomó un momento para agradecerle al universo que no le hubiese ocurrido nada malo por el camino. Por otra parte, admiró su valentía.

108

Una vez más, Lilah pensó en su idílica niñez. Nunca se había visto obligada a escapar porque nunca se había sentido mal en casa. Cuando había acudido a sus padres, estos nunca le habían dado la espalda. Pensó en lo que Connie le había contado de los Hudson.

Que no se habían preocupado por lo más importante, sus hijos. ¿No se había dado cuenta el padre de Micah de lo triste que estaba este? ¿Por qué no lo había ayudado a llorar la muerte de su hermana?

Esperaba de todo corazón que Reed fuese comprensivo con su hermano. No pensaba que Micah pudiese soportar que volviesen a despreciar sus sentimientos, pero hasta que Reed llegase, Lilah decidió seguir hablando con el niño e intentar que se relajase.

—No te gusta Arizona, ¿no? —le preguntó como si no le diese mucha importancia al hecho de que se hubiese escapado de casa.

Al mismo tiempo, le dio a Rosie un trozo de plátano que la niña agarró inmediatamente.

—Lo que no me gusta es el estúpido colegio, no Arizona —murmuró Micah.

Estaba atrapado entre la niñez y la edad adulta. Todavía tenía el rostro redondo y suave, algún día sería un hombre guapo, pero en esos momentos seguía siendo un niño que se sentía inseguro. Iba vestido de uniforme, pero este se le debía de haber arrugado y manchado por el camino.

Lilah no podía creerse que un niño de doce años se hubiese escapado de un colegio privado y se hubiese subido a un autobús. ¿A qué colegio iba, que no controlaba mejor a sus alumnos? ¿Y qué clase de padre permitía que su hijo se sintiese tan mal? Lilah sintió pena por el niño, pero, al mismo tiempo, se alegró de que hubiese llegado allí sano y salvo.

Rose, que estaba sentada en su trona, junto a Micah, tomó un puñado de cereales y se los tiró al niño. Él la miró, sorprendido al principio, feliz después.

—Me parece que le caigo bien —comentó esbozando una sonrisa.

—Por supuesto.

En ese momento sonó el teléfono y Lilah se levantó y descolgó.

—Residencia de los Hudson.

—Soy Robert Hudson. ¿Quién es usted? —le preguntó una voz hostil y ronca.

Lilah se separó ligeramente el auricular de la oreja. ¿Sería el padre de Reed?

—Soy Lilah Strong y estoy aquí para…

—Ya sé qué hace ahí. Es quien ha llevado a la niña de Spring con Reed —la interrumpió el hombre—. ¿Está ahí mi hijo Micah?

—Bueno… Sí, está aquí.

—Quiero hablar con él. Ahora mismo. Me han llamado del colegio. Que se ponga ya.

—Un momento, por favor —murmuró ella.

Miró a Micah, que la observaba. Su padre parecía furioso, pero, por mucho que desease proteger al niño, no podía impedir que el padre hablase con él.

—Es tu padre.

Micah se había vuelto a poner serio. Se puso en pie y fue hasta ella.

110

–Hola, padre.

Al instante, Robert Hudson se puso a gritar al teléfono.

Lilah no pudo evitar oír parte de la conversación y ver cómo Micah se iba encogiendo con los gritos de su padre.

–Irresponsable. Malcriado. Egoísta. Imprudente –fueron algunos de los calificativos que le dedicó.

–Dame el teléfono, Micah –le pidió Lilah enfadada, que no podía aguantar más.

El niño obedeció y ella le sonrió.

–¿Por qué no vas a comerte unas galletas con Rosie? –le sugirió.

Él la miraba con los ojos muy abiertos, como si no supiese si considerarla valiente o loca por querer defenderlo frente a su padre, que seguía gritando.

–Señor Hudson –dijo Lilah al teléfono.

–¿Y Micah?

–Se está tomando un vaso de leche con galletas.

–¿Quién se cree…?

Ella volvió a interrumpirlo y disfrutó haciéndolo. Entendió que los hermanos de Reed acudiesen a él cuando tenían un problema y no a Robert Hudson.

Además, tuvo que admitir que sentía todavía más respeto por Reed, por haber tenido que soportar a un padre así.

Cuando Robert Hudson dejó de hablar por fin, ella añadió:

–Lo siento, pero Micah está ocupado ahora mismo.

Robert Hudson balbuceó al otro lado del teléfono.

–Pero le ruego que vuelva a llamarlo cuando se haya calmado.

–¿Cómo ha dicho?

–Adiós, señor Hudson.

Cuando colgó el teléfono, Connie aplaudió. Lilah rio con nerviosismo, al fin y al cabo, le había colgado el teléfono al padre de Reed.

–Ha sido estupendo –comentó Micah en voz baja, mirándola con admiración–. El único que se atreve a hablarle así a mi padre es Reed.

–Pues tal vez debería hacerlo más gente.

Micah bajó la mirada y la voz.

–Reed se va a enfadar conmigo, ¿verdad?

Lilah tenía la esperanza de que no fuese así. Micah no parecía capaz de aguantar mucha más presión. Si Reed llegaba furioso, el niño se sentiría todavía peor. Lilah pensó que nunca había visto a Reed realmente furioso, a pesar de todo lo ocurrido. Tal vez fuese exactamente lo que Micah necesitaba.

–Reed se alegrará de verte –intervino Connie, dándole un abrazo al chico–. Lo mismo que yo.

–Gracias, Connie –dijo él, volviendo a mirar a Lilah–. ¿También le vas a hablar a Reed como le has hablado a mi padre para defenderme?

Ella sonrió y le dio otro vaso de leche. Aquello era algo que sí que le podía prometer.

–Si es necesario, por supuesto.

–Bien.

Un poco más tranquilo, Micah se puso a jugar con Rosie.

Cuando Reed llegó a casa unos minutos después,

fue directo a la cocina, y a Lilah se le rompió el corazón al ver cómo Micah se ponía recto y en guardia al verlo entrar.

Reed se quitó la chaqueta, se aflojó la corbata y miró primero a Micah y después a las dos mujeres que lo observaban. Lilah deseó, una vez más, poder leerle la mente. Quería saber si tendría que salir a defender a Micah o no.

Pero se dijo que el comportamiento de Reed con Micah en esos momentos le daría una idea de cómo iba a ser Reed con Rose en el futuro. ¿Paciente o furibundo? ¿Comprensivo o dictatorial? Se sintió nerviosa.

—¿Hay café preparado, Connie? —preguntó Reed.

—Cómo no —respondió esta—. Siéntate. Yo te llevaré un café y galletas.

Reed le guiñó un ojo.

—Debería llegar a casa temprano con más frecuencia.

De camino a la mesa, miró a Lilah y comentó:

—Veo que has conocido a mi hermano. ¿Qué te parece?

Micah la miró también, con preocupación.

Ella le sonrió.

—Pienso que ha sido muy valiente viniendo solo en autobús desde Arizona.

—Sí. Valiente.

Reed se sentó y dio un golpe suave a Micah en el brazo.

—Y tonto. Has tenido mucha suerte de llegar aquí sano y salvo.

113

Micah frunció el ceño.

–No soy tonto.

–No, no eres tonto, pero escaparte del colegio, desde donde han llamado a tu padre, no es precisamente una decisión inteligente.

–Es verdad. Ya ha llamado aquí –le informó Micah, mirando a Lilah–. Ella le ha dicho que se tranquilizase y después le ha colgado.

Lilah sintió que se ruborizaba mientras Reed la miraba.

–¿Es eso cierto?

–Le estaba gritando a Micah y no lo he podido soportar –respondió ella–. Me vas a matar.

–En absoluto –respondió Reed sonriendo–. Ojalá hubiese estado aquí para verlo.

Lilah sonrió. Por el momento iba todo bien.

–Ha sido increíble –añadió Micah.

Cuando Connie llevó el café y las galletas, Reed volvió a mirar a su hermano. Lilah se dio cuenta de que el niño estaba tan nervioso como ella.

–No quiero volver –dijo este en un hilo de voz–. Lo odio, Reed. Me hacen llevar este tonto uniforme, me dicen todo el tiempo lo que tengo que hacer y la comida es un asco, siempre sana, ni siquiera puedes comer cuando quieres, y mamá me ha dicho que tengo que quedarme allí en verano también. Solo se quedan dos niños más todo el verano, y da mucho miedo por la noche y…

–Respira, respira –le aconsejó Reed en tono cariñoso, acercándole las galletas.

A Lilah se le llenaron los ojos de lágrimas. La luz

del sol entraba por las ventanas, bañando la mesa de un tono dorado. Rosie golpeó la bandeja de la trona y Connie se acercó a Lilah. Era como si estuviesen creando un muro de protección alrededor del niño.

–Puedes quedarte aquí –le dijo Reed.

Y Micah lo miró esperanzado.

–¿De verdad?

–Sí. Yo también odiaba el internado –admitió Reed, sacudiendo la cabeza–. Da miedo por la noche, sobre todo, cuando hay muy pocos niños. Aquí hay sitio de sobra, así que puedes quedarte todo el verano y ya veremos qué hacemos en septiembre.

–¿De verdad? ¿Puedo quedarme? –preguntó Micah con la voz quebrada, limpiándose los ojos con el dorso de la mano.

Lilah suspiró aliviada. Tenía que haber sabido cómo iba a reaccionar Reed.

Este pasó la mano por el pelo de su hermano y le dio un sorbo a su café.

–Yo hablaré con padre y con tu madre. Solo voy a ponerte una condición…

–¿Cuál?

–Que te deshagas de ese feo uniforme y empieces a llevar vaqueros y zapatillas de deporte.

A Micah le tembló el labio inferior, le brillaron los ojos con agradecimiento, saltó de la silla en la que estaba sentado y se abrazó a su hermano. A Lilah se le encogió el corazón al ver que Reed le devolvía el abrazo e intercambió una sonrisa con Connie. Cuando Reed la miró a los ojos, ella creyó ver otra grieta en su muro personal.

Pensó que se estaba enamorando. Reed Hudson no era un hombre frío, solo era un hombre que llevaba mucho tiempo protegiéndose a sí mismo.

Sí, estaba enamorada, pero aquello no tenía futuro, no habría final feliz. Así que tenía un grave problema. Estaba segura de que iba a sufrir.

Un par de horas después, Reed intentó razonar con su padre.

—Micah puede quedarse conmigo. Odia ese estúpido internado, ¿por qué le vas a obligar a quedarse allí si yo te estoy ofreciendo una alternativa?

En realidad una parte de él se preguntaba por qué estaba ofreciéndole una alternativa a su padre, pero, en el fondo, sabía muy bien el motivo. Él había estado en el lugar de Micah y sabía muy bien cómo se sentía este.

—Podemos pasar el verano juntos y si está contento aquí, incluso puedo buscarle un colegio —continuó Reed con firmeza, utilizando el único tono de voz que su padre respetaba—. Hay un buen colegio cerca de casa.

Se había molestado en comprobarlo antes de hacer la llamada.

—Aunque yo accediese, la madre de Micah jamás estaría de acuerdo con el trato—murmuró Robert Hudson.

—Venga, padre —dijo Reed riendo—. Sabes muy bien que Suzanna estará de acuerdo siempre y cuando le quitemos a Micah del medio.

Su padre suspiró.

—Es cierto. No sé por qué me casé con ella.

Reed tampoco lo entendía, pero en esos momentos daba igual. Por suerte, aquella cazafortunas solo había estado un año casada con su padre.

—Entonces, ¿a ti te parece bien que Micah se quede conmigo?

—De acuerdo —respondió su padre por fin—. Llamaré al colegio mañana y les diré que Micah no va a volver.

Reed se sintió aliviado.

—¿Y cómo está Nicole? ¿Para cuándo es el bebé?

—Está bien, pero faltan unas dos semanas para que dé a luz.

A Reed le costaba creer que su padre continuase engendrando hijos para los que nunca tenía tiempo, pero Robert siempre se casaba con mujeres más jóvenes que él que insistían en tener familia.

—Salúdala de mi parte.

—Lo haré —respondió su padre en un tono más amable—. Te lo agradezco. Por cierto, ¿quién le ha dicho a esa mujer que podía colgarme el teléfono?

Reed se echó a reír.

—A Lilah nadie le dice lo que tiene que hacer.

—Pues me ha caído bien. Tiene carácter.

«No tienes ni idea», pensó Reed divertido.

Después de colgar, se sentó detrás de su escritorio y recordó lo que había hecho allí con Lilah el día anterior. Se excitó al instante, cambió de postura e intentó sacarse a Lilah de la cabeza.

El mes pasado había estado viviendo en un hotel y

preocupándose solo por sus clientes y por las ocasionales llamadas de sus hermanos. En esos momentos tenía una casa, un ama de llaves, un bebé y un niño de doce años en los que pensar. Connie no iba a poder ocuparse de la casa y de dos niños. Iba a necesitar una niñera. Y, hasta que la encontrase, Lilah se tendría que quedar allí.

A su cuerpo le gustó la idea, pero su cabeza le advirtió de que era peligrosa. No obstante, no tenía elección. Tenía que trabajar y allí había dos niños que cuidar. Él no podía encargarse de todo solo. Imaginó que Lilah lo entendería y accedería a quedarse más tiempo del previsto.

Con aquello en mente, salió del despacho y fue hacia la habitación de Lilah. El pasillo estaba a oscuras, la puerta de la habitación de Rosie estaba abierta, la de Micah, cerrada. La casa estaba en silencio, casi como conteniendo la respiración, suavemente, igual que él.

Lilah abrió la puerta y lo primero que notó Reed fue el olor a fresa. Todavía tenía el pelo mojado de la ducha y estaba sin maquillar, y, aun así, era todavía más guapa que cualquier otra mujer que hubiese conocido.

La miró a los ojos y se le aceleró el corazón. Llevaba un camisón amarillo que le llegaba a la mitad del muslo, con el escote redondo y manga corta, cubierto de dibujos de perritos, todos diferentes. Durante uno o dos segundos, Reed no pudo ni hablar. Por fin, levantó la vista y preguntó:

—¿Te gustan los perros?

–¿Qué? Ah… Sí, me gustan. ¿Ocurre algo? ¿Están bien los niños?

–Todo bien –le aseguró él–. Tenemos que hablar.

A ella se le hizo un nudo en el estómago al oír aquellas palabras. Nunca era un buen modo de empezar una conversación, se dijo mientras se apartaba para dejarlo entrar.

Al fin y al cabo, llevaba desde la noche anterior sabiendo que tendrían que mantener aquella conversación. En cualquier caso, ella ya había decidido que la única manera de lidiar con sus sentimientos por Reed era marchándose de allí lo antes posible.

Reed fue de un lado a otro de la habitación de invitados como si estuviese buscando algo. Se pasó una mano por el pelo y después se giró a mirarla.

–No hemos hablado. De lo de anoche, quiero decir.

–Lo sé, pero en realidad no hay mucho que decir, ¿no?

Después de darse cuenta de que lo quería, Lilah prefería no oírle decir que no podía haber nada entre ellos, que había sido solo sexo, que Reed no estaba interesado en tener una relación.

Así que sería ella la primera en decirle que no quería nada de él. No tenía por qué admitir que se le iba a romper el corazón al marcharse de allí.

–¿En serio? –preguntó Reed, sorprendido, arqueando las cejas.

Entonces se echó a reír y sacudió la cabeza.

—Cómo no, en esto también eres distinta a las demás.

—¿Qué quieres decir con eso?

—Quiero decir que las otras mujeres con las que me he acostado ya se despertaban al día siguiente pensando en diamantes y anillos de boda.

Lilah se echó a reír. Le alegró saber que era diferente. Al menos Reed la recordaría por ello.

—No te preocupes. Fue una noche increíble, Reed, y jamás la olvidaré, pero ha sido solo eso, una noche.

Él frunció el ceño.

—Bien. Yo solo… no importa. También quería hablarte de otro tema.

Lilah se sentó en el borde de la cama, se estiró el camisón para taparse todo lo posible y respondió:

—Adelante.

—La cosa es que… voy a necesitar que te quedes un poco más.

—Ah.

Lilah no había esperado oír aquello. Sobre todo, después de lo ocurrido la noche anterior, había pensado que Reed estaría deseando deshacerse de ella.

Él se acercó más, hasta quedarse justo delante. Lilah echó la cabeza hacia atrás para mirarlo a los ojos. Bajo la luz de la luna su aspecto era peligroso, misterioso, estaba muy guapo. Lilah respiró hondo e intentó controlar sus hormonas, pero no le resultó sencillo, sobre todo, sabiendo lo que era estar con él.

Él se frotó el cuello y dijo:

—El caso es que, como Micah va a quedarse aquí,

Connie no va a poder cuidar de los dos niños y de la casa ella sola.

—Es cierto.

—Me alegra que estés de acuerdo. Así que necesito que te quedes...

A Lilah le dio un vuelco su estúpido corazón.

— ...Hasta que encuentre a una niñera.

Y entonces se le rompió en mil pedazos.

Lilah supo que tenía que marcharse de allí. No solo no se estaba ocupando de su negocio sino que, si se quedaba allí, con Reed, solo se enamoraría todavía más. Y después le costaría aún más marcharse.

—¿Qué me dices?

Lilah sonrió.

—Tienes que trabajar más en tu *chakra* de la paciencia.

—¿Qué?

—Nada.

Lilah suspiró y se puso en pie, pero mantuvo las distancias. No iba a dejarlo tirado, por mucho que quisiese marcharse, se quedaría y lo ayudaría a encontrar una niñera, aunque fuese solo por el bienestar de los niños.

—Está bien, me quedaré.

Él suspiró y sonrió.

—Eso es estupendo. Bien.

—Pero...

—Siempre hay un pero —murmuró él—. Dime.

—Ya he estado lejos de mi negocio dos semanas.

Lilah había pasado dos o tres horas al día gestionando la tienda por internet y pidiendo a sus empleados que enviasen los pedidos y todo parecía ir bien, pero necesitaba comprobarlo en persona.

—Necesito ir a casa el fin de semana, ver cómo estamos de existencias y hablar con mis empleados.

Reed frunció el ceño, luego dijo:

—De acuerdo. ¿Qué te parece si vamos todos?

—¿Qué? –preguntó ella riendo, sorprendida.

—Hablo en serio. Micah, Rosie y yo iremos contigo. Podemos utilizar mi avión, iremos más cómodos.

Eso era evidente.

—Puedes enseñarnos las montañas –continuó Reed–, tu casa. Y después volveremos todos juntos.

—No es necesario –le contestó ella, a pesar de que le gustaba la idea.

—Lo cierto es que me gustaría ver la tienda en la que creas esos maravillosos aromas que se pegan a tu piel –murmuró él, levantando una mano para apartarle el pelo de la cara.

Ella se estremeció y contuvo la respiración, esperando más.

—Fresas –añadió Reed, acercándose más para olerle el cuello.

Después se apartó y volvió a mirarla a los ojos.

—Me gustan las fresas, incluso más que la vainilla.

A Lilah se le aceleró el pulso. Su cabeza le decía una cosa y su cuerpo otra completamente diferente.

—¿De verdad te parece buena idea? –susurró.

—Probablemente no lo sea –admitió Reed, acercando sus labios a los de ella–. ¿Te importa?

—No –le dijo ella, permitiendo que Reed la tumbase en la cama.

Fue un beso largo y profundo. Reed metió la mano por debajo del camisón y ella tembló cuando le acarició un pecho. Su lengua la penetró, entrelazándose con la de ella en un baile erótico que escenificaba lo que Reed quería hacerle después.

Y Lilah estaba de acuerdo, aunque fuese una locura. Sabía que tendría que separarse de él, ¿por qué no disfrutarlo mientras estuviesen juntos?

Lo abrazó por el cuello y se pegó a su cuerpo mientras Reed giraba sobre la cama para ponerla a ella encima de su cuerpo. Lilah rompió el beso y lo miró a los ojos, unos ojos verdes que seguiría viendo en sueños durante el resto de su vida.

—Eres increíble —le susurró Reed, acariciándole la mejilla y metiéndole un mechón de pelo detrás de la oreja.

Ella sintió que se le encogía el corazón. Aquellos momentos eran los únicos que iba a poder tener con él. Quería recordarlo todo, cada caricia, cada suspiro, cada palabra susurrada.

Cuando Reed acercó los labios hacia ella, Lilah separó los suyos y suspiró.

La luna iluminaba la habitación, la casa estaba en silencio... y entonces el monitor que había en la mesita de noche se encendió y se oyó un sollozo. Rosie se puso a llorar y Lilah sonrió con tristeza. Era como una señal del universo.

—Creo que alguien quiere decirnos algo —comentó, levantándose de la cama—. Tengo que ir a ver a Rosie y tú... deberías marcharte de aquí.

—Sí —dijo él, sonriendo de medio lado mientras se

sentaba en la cama–. Me voy a dormir a mi habitación.

Salieron juntos del cuarto, pero después fueron en direcciones diferentes.

Al llegar a la puerta de la habitación de Rosie, Lilah se detuvo y murmuró:

–Adiós, Reed.

Capítulo Nueve

Reed odiaba Los Ángeles.

Pero tenía que ir al menos una vez cada quince días.

En aquella ocasión tenía una comida con un juez federal con el que había ido a la universidad, y después una reunión con un cliente en potencia.

Durante los trayectos tuvo mucho tiempo para pensar. En lo que más pensó fue en la noche interrumpida con Lilah. Quería a Rose, pero la pobre había sido muy oportuna.

Quería a la pequeña.

No sabía por qué, pero era la primera vez que pensaba aquello. Había pasado tanto tiempo evitando todo lo relacionado con la palabra amor, que el hecho de que aquello le viniese a la cabeza de repente lo sorprendió. Aunque no debía de haberlo sorprendido, al fin y al cabo, no era un robot. Quería a sus hermanos… Lo que no le interesaba era el otro amor.

Por suerte, Lilah era una mujer muy sensata. Sonrió al recordar su conversación y lo bien que había ido. No recordaba haber estado nunca tan sincronizado con una mujer. Entonces, ¿qué era lo que le incomodaba? Dejó de sonreír, frunció el ceño, pensativo.

Lilah tenía que haberse mostrado un poco más reacia a terminar con lo que tenían. Al menos eso era lo que él sentía.

No estaba acostumbrado a que ninguna mujer terminase con él, era siempre él quien terminaba con ellas y les explicaba que no le interesaban las relaciones largas. Aquella conversación nunca salía bien. Salvo con Lilah. A esta no parecía importarle marcharse sin más, y él debía de haberse sentido aliviado, ¿por qué no era así?

—Me vuelve loco incluso cuando no estamos juntos —murmuró, jurando entre dientes—. Está tan centrada en los niños que parece que se le olvida que yo también estoy en casa.

Durante los últimos días casi no la había visto. Micah estaba adaptándose, haciendo amigos en el barrio, jugando con Rosie y, al parecer, encantado con Lilah. Los tres estaban muy cómodos juntos, con Connie a su alrededor y Reed sin saber si aquello le gustaba o no.

Pero lo cierto era que sí que le gustaba. Jamás se había imaginado en una situación así, una casa y niños, pero le gustaba. La casa estaba llena de vida. No había rincones vacíos ni sombras silenciosas y, de repente, le sorprendió haber pasado gran parte de su vida en soledad y silencio. Eso no significaba que no le hubiese funcionado bien, de hecho, podría volver a vivir solo. Aunque tenía que admitir que cada vez que pensaba en su casa oía la voz y la risa de Lilah, y se imaginaba su delicioso olor impregnando el ambiente.

Sin saber cómo, había perdido el control de su vida.

Sonó su teléfono y respondió agradecido. Cualquier cosa con tal de dejar de pensar en Lilah.

–Hola, Reed, necesito tu ayuda.

Él puso los ojos en blanco. Era su hermanastro por parte de madre, que llevaba varios meses sin llamarlo.

–Cullen. ¿Qué ocurre?

–Solo necesito que me recomiendes a un buen abogado en Londres.

–¿Qué has hecho? –preguntó él, agarrando con fuerza el volante, con la vista clavada en la carretera.

–No he sido yo, sino mi coche. No lo conducía yo.

Reed contó hasta diez e intentó tener paciencia, como le había recomendado Lilah.

–¿Qué ha pasado?

–Una amiga iba conduciendo el Ferrari y cometió un error, eso es todo.

–¿Una amiga?

–Sí. Te caería bien. Es estupenda, pero no conduce demasiado bien.

–¿Se ha hecho daño alguien? –preguntó Reed, conteniendo la respiración.

Cullen era el más irresponsable de toda la familia. Tenía veintiséis años y estaba destinado a seguir a su padre, Gregory Simmons, al mundo de la banca. Reed se estremecía solo de pensar en su hermano ocupándose del dinero de otras personas.

–No hay nadie herido, solo un arbusto.

–¿Qué?

–Juliet ha chocado contra un viejo arbusto y un

macizo de margaritas –comentó Cullen riendo–, pero si hubieses oído a la dueña, habrías pensado que le habían asesinado a su querido perro.

–Maldita sea, Cullen...

–Eh, no me eches la charla –lo interrumpió su hermano–, dame solo el nombre de un abogado.

Agradecido por no tener que ocuparse él del asunto, Reed buscó en su mente y respondió por fin:

–Tristan Marks. Llama a Karen a mi despacho y pídele su número de teléfono.

Esperaba que Tristan lo perdonase por aquello.

–Estupendo, gracias. Sabía que podía contar contigo. Si necesito algo más, te llamaré a casa mañana, ¿de acuerdo?

–No –respondió él–. Voy a estar fuera todo el fin de semana.

Cullen se echó a reír.

–¿Vas a otra de tus fascinantes conferencias?

–No. Me voy a tomar un par de días libres.

Hubo un breve silencio.

–¿He oído bien? –le preguntó Cullen–. ¿Has dicho que vas a tomarte un par de días libres?

–¿Tan extraño te parece?

–En absoluto. De vez en cuando ocurre algún milagro.

–No eres tan gracioso como piensas, Cullen.

–Por supuesto que sí –replicó su hermano riendo–. Dime, ¿cómo se llama?

–¿Quién?

–Esa mujer tan increíble como para conseguir que dejes de trabajar un par de días.

–Basta ya, Cullen. Llama a Karen –le dijo Reed antes de colgar.

¿Increíble? Sí. Lilah era eso y mucho más. Y Reed no sabía qué iban a hacer sin ella.

Utah era más bonito de lo que Reed había imaginado. Había muchos árboles, espacios abiertos a ambos lados de la autopista y, lo mejor, muy poco tráfico. Le gustó el trayecto del aeropuerto hasta el pueblo de Pine Lake.

El vuelo había sido corto y un coche de alquiler estaba esperándolos al llegar. No obstante, a Reed le había sorprendido que hubiese que llevar tantas cosas para viajar con niños.

–¿Esquías? –le preguntó Micah a Lilah desde el asiento trasero.

–Sí –respondió esta, girándose para mirarlo–. Tienes que volver en invierno y te llevaré a esquiar.

–¡Sí! –respondió Micah encantado–. ¿Podemos, Reed?

Este miró por el espejo retrovisor y vio la sonrisa de su hermano.

–Tal vez.

¿Cómo iba a decirle que sí? Lilah estaba hablando del invierno y Reed sabía que por entonces esta ya no formaría parte de sus vidas.

–Gira a la izquierda aquí –dijo ella–. Primero pararemos en mi casa, descargaremos y después iremos a la tienda.

Reed la miró y se dio cuenta de que parecía tan

emocionada como Micah. Era evidente que había echado de menos su casa, y su vida. Le había regalado ya más de tres semanas. ¿Cuánto más podría pedirle? Iba a estar en deuda con ella eternamente, y eso no le gustaba.

Siguió sus indicaciones y por fin llegó a un camino que daba a una casa que parecía una caja grande. Lo primero que pensó Reed fue que era muy pequeña. Era una casa completamente cuadrada, con contraventanas negras y muros blancos, y un porche que recorría toda la fachada. El jardín era amplio y la casa estaba en la parte más alejada de la carretera. Había al menos una docena de árboles que daban sombra a la propiedad, y Reed pensó que aquella casa iba bien con Lilah.

Esta saltó del coche, tomó a Rosie y fue hacia la puerta, con Micah pegado a sus talones. Reed los siguió más despacio, observándola, disfrutando con el balanceo de sus caderas bajo aquellos vaqueros negros. Una vez dentro, comprobó que la casa era pequeña, tal y como había imaginado, pero acogedora. Estaba decorada con colores cálidos, tejidos suaves y tenía mucha luz.

–Micah, Rosie y tú compartiréis habitación, ¿de acuerdo?

–Sí –respondió el chico, encogiéndose de hombros–. ¿Dónde está?

–Subiendo la escalera, a la derecha.

Reed lo vio subir y se maravilló en silencio de cómo había cambiado su hermano pequeño. Unos días lejos del internado y se había relajado y sonreía mucho más que nunca.

Cuando se quedó a solas con Lilah, comentó:

—Me gusta tu casa.

—Gracias —respondió ella sonriendo—. Es minúscula, pero no necesitaba más. Utilizo la cocina y la despensa como laboratorio y hasta ahora me organizaba bien. Tal vez en algún momento tenga que ampliarla.

Él asintió y pensó que en su casa había mucho espacio para construirle un taller enorme, donde podría preparar sus jabones y todo lo que quisiera, pero su cerebro le recordó que Lilah no estaría allí para utilizarlo.

Frunció el ceño e intentó prestar atención.

—La casa todavía no está terminada y solo tiene dos dormitorios, así que Micah y Rosie no son los únicos que van a tener que compartir habitación…

Él arqueó una ceja. La cosa mejoraba por momentos.

—¿De verdad? Ahora me gusta la casa todavía más.

—Eso había imaginado yo.

Después de dejar el equipaje, fueron todos al centro del pueblo, y Reed tuvo que admitir que era un lugar agradable, con mucho encanto. Y la tienda de Lilah lo impresionó.

Era un lugar alegre, limpio y muy ordenado. No había nada fuera de su sitio. Las estanterías acogían sus famosos jabones en un arcoíris de colores, y había varios juntos y envueltos con un lazo. También había velas y pequeños frascos con lociones con el mismo aroma que los jabones.

Reed pensó que aquello era estupendo y sintió admiración por Lilah. Cuando sus empleados se reunieron rápidamente para una reunión improvisada, vio a Lilah feliz al escuchar las últimas noticias y se dio cuenta de lo que esta había dejado de lado para quedarse con él y cuidar de Rosie. Aquellos eran también los amigos de Spring, aquel era el pueblo en el que su hermana había vivido, y Reed escuchó historias acerca de ella que le hicieron sonreír y volver a desear no haberse enfadado con ella la última vez que habían estado juntos.

El resto de la tarde pasó con mucha rapidez, recorrieron el pueblo, cenaron fuera y después fueron a dar un paseo por un lago para que Micah le echase pan a los patos. Era la primera vez en años que Reed había bajado el ritmo lo suficiente como para disfrutar del momento. Y estar allí, haber dado un paseo de noche con Lilah y los niños, le hacía sentir una paz que no había sentido nunca antes.

Aquello le preocupó. Se estaba acostumbrando demasiado a Lilah y no tenían futuro. Solo había presente.

—¿Estás bien? —le preguntó Lilah en voz baja, porque los niños estaban durmiendo ya.

—Sí, ¿por qué?

—No lo sé, pareces... distraído.

—No es nada. Estaba pensando en el trabajo.

Ella se echó a reír y subió a la cama.

—Desconecta, Reed. Tienes derecho a dejar de trabajar de vez en cuando, ¿sabes?

—Tienes razón —respondió él, mirándola—. ¿Quieres intentar adivinar en qué estoy pensando en este preciso momento?

Lilah sonrió y Reed sintió calor al ver la curva de sus labios.

—Es demasiado fácil.

Se subió con ella a la cama y la abrazó, la besó. Aquel primer beso hizo que se olvidase de todo lo demás. Se dio cuenta de que aquel momento lo era todo. Las reflexiones, las preocupaciones y los problemas podían esperar.

Lilah se acercó más y él pasó las manos por sus curvas. Verla tan receptiva lo excitó todavía más.

Se movieron juntos, en silencio, respirando con dificultad, susurrándose palabras al oído. Entonces la penetró y adoptaron un ritmo lento, tierno. Reed la miró y se perdió en sus ojos. Le acarició el rostro, le dio un beso y absorbió su gemido de placer mientras llegaba al clímax. Un segundo después llegó él también.

Luego, tumbado en la oscuridad, con su cuerpo entrelazado con el de Lilah, Reed oyó a Rosie, que se había despertado, y supo que no tardaría en ponerse a llorar, y que despertaría a Micah también.

—Ahora vuelvo —le susurró a Lilah, saliendo desnudo de la habitación.

Volvió con la niña en brazos, que sonrió de oreja a oreja al ver a Lilah.

Reed se tumbó en la cama y colocó a Rosie entre ambos.

La niña aplaudió y rio, feliz porque ya no estaba sola en la oscuridad.

—Cuando se duerma, volveré a llevarla a su habitación —dijo Reed, dándole un beso en la frente a la pequeña.

—Puede tardar un buen rato —le advirtió Lilah.

—Tenemos tiempo.

Allí tumbado, viendo cómo la mujer y la niña se comunicaban con besos y sonrisas, Reed se dio cuenta de lo que era tener una familia. Y frunció el ceño en la oscuridad.

—Tengo malas noticias —anunció Reed, dejando su maletín en la silla más cercana.

Miró a su alrededor en la casa de Malibú en la que vivía Carson Duke desde que se había separado de su esposa. Era un lugar luminoso, decorado en azul y blanco, casi a orillas del mar.

Carson lo miró preocupado.

—¿Es Tia? ¿Está bien?

—Está bien —respondió Reed, sorprendido por la pregunta—, pero no quiere firmar, así que vamos a tener que ir a una mediación en el despacho del juez.

—Eso me da igual —dijo Carson riendo aliviado—. Siempre y cuando ella esté bien.

Salió a la terraza y levantó el rostro hacia la brisa del mar. Reed salió también.

Estaba nublado, pero había varios surferos sentados en sus tablas, esperando la siguiente ola. Y mujeres tumbadas en sus toallas con minúsculos bikinis.

—Espero que no te molestes, pero no hablas como la mayoría de mis clientes cuando se están divorciando.

Carson sonrió con amargura.

—Ya te dije que no esperaba que terminásemos así.

134

Ni siquiera sé cuándo empezó a ir mal la relación, pero debería saberlo, ¿no? Debería saber por qué nos vamos a divorciar.

–No sé, Carson –le respondió él, metiéndose las manos en los bolsillos–. En ocasiones las cosas se estropean y no sabemos qué es lo que ha pasado exactamente.

–Pensé que habías dicho que nunca habías pasado por esto. Hablas como un superviviente.

–Y lo soy, en cierto modo –dijo Reed, pensativo–. A mis padres les encanta estar casados. Una y otra vez. Entre los dos tengo diez hermanos y uno más en camino.

Carson silbó, Reed no supo si lo hacía con admiración o lástima.

–Desde niño, he pasado por muchos divorcios y te aseguro que mis padres no serían capaces de decir por qué se divorciaron. Aunque no recuerdes el motivo, Carson, lo hay. Tanto Tia como tú queréis acabar con vuestro matrimonio, así que lo mejor será que lo aceptes y que continúes con tu vida.

El otro hombre se quedó pensativo.

–Sí, es lógico, tienes razón, pero no es fácil aceptarlo.

–Muchas gracias por venir, llamaré a la agencia cuando hayamos tomado una decisión –dijo Lilah sonriendo mientras despedía a la tercera candidata a niñera y cerraba la puerta.

Aquellas entrevistas eran horribles. No había ninguna persona perfecta ni garantías de que a la elegida le gustasen Micah y Rosie. Ni de que a los niños les gustase ella.

Se dejó caer en un mullido sillón del salón, sacó el teléfono y se puso a ver las fotografías del fin de semana en Utah. Las fue pasando y se detuvo en la que estaban los cuatro, todos sonrientes. Ella con el brazo entrelazado con el de Reed, Micah con Rose en brazos, apoyándose en su hermano.

—Un equipo —murmuró.

Eso era lo que pensaba cuando veía la fotografía.

Durante el fin de semana había tenido la sensación de que eran una familia, pero no era verdad.

Le dolía la cabeza. Miró de nuevo la fotografía, se imaginó marchándose de allí y sintió que se le rompía el corazón. Quería a aquellos niños, pero, sobre todo, quería a Reed. Esa era la verdad, pero estaba segura de que él no la querría oír.

—Pues tendrá que hacerlo de todos modos —se dijo a sí misma—. Aunque no quieras saberlo, voy a tener que decirte que te quiero.

Suspiró, se puso en pie y fue a la cocina. Connie estaba sentada a la mesa, dando de comer a Rose.

—¿Qué tal la tercera candidata? —le preguntó a Lilah al verla entrar.

Esta suspiró y tomó su taza de café con ambas manos.

—Supongo que bien. Agradable, aunque ha mirado varias veces el teléfono, como si hubiese algo más interesante ocurriendo en otra parte.

Connie chasqueó la lengua y sacudió la cabeza.

—Los teléfonos móviles significan la muerte de la civilización.

Lilah sonrió.

—Es joven, y como no aprenda a guardar el teléfono durante las entrevistas, no va a conseguir trabajo —respondió, dando un sorbo a su café—. ¿Dónde está Micah?

—En la calle, jugando al baloncesto con Carter y Cade.

—Eso está bien. Necesita amigos.

—¿Y tú? ¿Qué necesitas? —le preguntó Connie.

—¿La paz mundial?

—Buena manera de evitar responder a una pregunta.

—No sé qué hacer —admitió Lilah—. No he encontrado a la niñera adecuada. No puedo quedarme aquí de manera indefinida y…

Desde que habían vuelto a California, Reed no había parado de trabajar y Lilah casi no lo había visto. ¿Sería porque no le había gustado aquel fin de semana familiar en Utah? ¿O era su manera de decirle que se marchase?

—Lo sé —dijo Connie—. Eso es lo más complicado.

—Sí.

—Y yo no puedo hacer nada al respecto —continuó Connie—, pero sí que tengo algo que decir con respecto a la búsqueda de niñera.

—¿El qué?

—Que me siento un poco insultada —admitió Connie—. Reed piensa que no soy capaz de ocuparme de los niños y de la casa sola, pero se equivoca. No necesitamos una niñera. Lo que estos niños necesitan es una madre. Y, hasta que la tengan, me tendrán a mí.

«Una madre».

A Lilah se le volvió a encoger el corazón. Ella no era una madre, ni iba a serlo. Salvo que se arriesgase y le confesase a Reed lo que sentía. Al fin y al cabo, ¿qué podía perder?

—Tienes razón —le respondió a Connie—. Aunque sé que lo que Reed quiere es hacerte a ti la vida más fácil.

—Cuando lo necesite, se lo pediré.

Lilah se echó a reír.

—Le contaré a Reed lo que has dicho.

—No te preocupes, lo voy a hacer yo. He estado mordiéndome la lengua hasta ahora, pero va siendo hora de ser clara.

Lilah estaba de acuerdo, iba siendo hora de que Reed oyese muchas cosas.

Esa noche, Reed estaba encerrado en su despacho, haciendo un esfuerzo por concentrarse en el trabajo, cuando llamaron a la puerta.

—Adelante.

Lilah entró, sonrió y se acercó a él. Iba vestida con unos pantalones cortos de color blanco, una camiseta roja y sandalias, y Reed tuvo la sensación de que era el ser más bello que había visto jamás.

Tomó aire e intentó tranquilizarse. Se dijo que no había nada de malo en vivir el momento, de hecho, llevaba toda la vida haciéndolo y le iba muy bien.

—¿Te interrumpo? —le preguntó Lilah.

Él se encogió de hombros.

—No pasa nada. De todos modos, no me puedo concentrar. ¿Qué ocurre?

—Tengo algo para ti —le dijo, dándole la fotografía de los cuatro enmarcada—. He pensado que te gustaría.

Reed tenía la sensación de que hacía mucho tiempo de aquella fotografía, pero verla le hizo recordar a Micah riendo, obligándolo a subirse en todas las montañas rusas del parque de atracciones, y a Rosie feliz, aplaudiendo al ver los animales del zoo y comiendo helado por primera vez. Sonrió y recordó aquel día tan perfecto.

Después miró a Lilah, que también sonreía al mirar la foto, y sintió deseo, calor y… más. Los cuatro parecían una familia. La idea hizo que se sintiese incómodo.

—Es estupendo, gracias.

—De nada —dijo ella, apoyándose en el escritorio, con su muslo desnudo muy cerca de él—. Connie quería hablar contigo de…

Reed levantó una mano.

—De lo de la niñera, ya, ya hemos hablado.

—Ha insistido en que puede ocuparse de la casa y de los dos niños.

—Y yo no tengo la menor duda —admitió Reed—. Me ha hecho sentir como si volviese a tener diez años y me hubiese castigado a lavar los platos otra vez.

Lilah sonrió todavía más.

—Te quiere mucho.

–Eso también lo sé –dijo él–. Solo quería facilitarle la vida, pero ella se ha comportado como si sintiese que no la valoro. Yo pienso que lo ha hecho para salirse con la suya. Y lo ha conseguido.

–Entonces, ¿no vas a contratar a una niñera?

–No.

Connie le había recordado la cantidad de niñeras que habían pasado por su vida de niño y le había preguntado si de verdad quería eso para Micah y Rosie.

–Bien –añadió Lilah–, entonces ya puedo hablarte del motivo por el que te he interrumpido.

Reed giró el sillón para mirarla de frente.

–Yo solo iba a quedarme aquí mientras encontrases a una niñera –empezó Lilah–, y dado que no vas a contratar a ninguna…

Lilah se iba a marchar. Había ido allí, oliendo a manzana, la personificación de un sueño de verano, para decirle que se marchaba. A Reed se le hizo un nudo en el estómago, pero mantuvo la cara de póker.

–No tienes que marcharte –le dijo sin pensarlo.

Ella suspiró nerviosa.

–Bueno, de eso también te quería hablar.

Él sonrió lentamente, tenía la esperanza de que Lilah le dijese que no se quería marchar, que quería quedarse allí con ellos. Con él.

–Te quiero.

Reed se quedó de piedra. No tuvo que fingir la cara de póker, porque era incapaz de expresar ninguna emoción.

–¿Qué?

Ella lo miró fijamente a los ojos y repitió:

140

—Que te quiero, Reed. Y quiero a los niños.

Tomó la fotografía y se la enseñó.

—Quiero que seamos la familia que parecemos ser en esta fotografía.

Alargó la mano y le apartó el pelo de la frente. Él, instintivamente, se apartó.

Ella cerró el puño, se sintió dolida.

Reed se levantó de un salto, no podía estar sentado ni un segundo más. Se alejó un par de pasos de donde estaba Lilah.

—Esto no formaba parte del plan —comentó.

Ella se apartó del escritorio y lo miró de frente, con la barbilla levantada, los ojos brillantes. Reed se preguntó si se iba a poner a llorar.

—Yo tampoco tenía planeado enamorarme de ti, pero ha ocurrido.

Él contuvo un sonido gutural. «Una familia». Por su mente pasaron cientos de rostros de clientes que se habían casado enamorados, que habían pensado en el futuro, ninguno de ellos se había casado pensando en el divorcio, pero todos se habían divorciado. Y, aquello, sin contar con su maldita familia.

—Eso no va a ocurrir —le dijo, sacudiendo la cabeza, sin saber si quería convencerla a ella o a sí mismo—. Yo no me voy a casar jamás…

—No te he pedido que te cases conmigo.

—Por supuesto —replicó él—. Mira, me encanta estar contigo y el sexo es increíble. Eres estupenda con los niños y ellos te adoran, pero eso es todo, Lilah.

Suspiró.

—He visto demasiadas desgracias y no quiero caer

en la trampa de la que todos los días intento sacar a alguien.

Vio dolor e ira en los ojos de Lilah, y odió ser la causa, pero era mejor ser sincero con ella. La idea de perderla lo destrozaba, pero entonces se le ocurrió algo, tal vez hubiese una posibilidad de salvar la situación.

—Podrías quedarte —le dijo, dando un paso al frente—, pero sin pensar en el amor, Lilah. Yo no voy a casarme. Ni voy a enamorarme, pero me gustas mucho. Funcionamos bien juntos y los niños te necesitan. Incluso podría pagarte para que fueses su niñera, y así Connie recibiría la ayuda que necesita sin sentirse ofendida.

—Me pagarías…

—Lo que quieras. Y te construiría un taller en la parte trasera de la casa. Podrías crear tus jabones y lociones aquí y mandarlas a Utah. O abrir una tienda aquí, una franquicia —continuó él, dando otro paso hacia Lilah—. Y lo mejor es que estaríamos juntos sin arriesgar nada.

Lilah sacudió la cabeza y suspiró.

—Si no arriesgas, no ganas. No voy a ser tu amante a sueldo…

—Yo no he dicho eso. Ni lo he pensado.

—Que me quede aquí cobrando mientras continuamos teniendo sexo es eso —le dijo ella.

—Eso me parece insultante —replicó Reed—. Para los dos.

—Sí, lo mismo he pensado yo. Así que me voy a casa, Reed. Me marcharé mañana, después de despedirme de los niños.

Lilah no se había movido, pero él tuvo la sensación de que ya estaba en Utah. No pudo tocarla. Tal vez fuese lo mejor.

La vio dar media vuelta y salir del despacho. Y la dejó marchar.

Fue la cosa más difícil que había hecho jamás.

Capítulo Diez

El mes siguiente fue horrible.

Lilah intentó volver a su vida normal, pero no podía dejar de pensar en otra vida. Echaba de menos a Rosie, a Micah y a Connie.

Y estar sin Reed era como si le hubiesen arrancado el corazón del pecho. Le dolía hasta respirar. Los recuerdos la reconfortaban y la torturaban al mismo tiempo.

–¿Estás segura de que estás haciendo lo correcto?

Lilah suspiró y miró a su madre, que tenía gesto de preocupación al otro lado de la pantalla. Las videollamadas aliviaban la distancia, pero la desventaja era que su madre podía verle la cara, cosa que no ocurría por teléfono.

Habían atracado en Londres, la ciudad favorita de su madre, que pronto se iría a recorrerla con Stan. No obstante, Lilah había querido contarle todo lo ocurrido con Rose, Micah y, por supuesto, Reed.

–En realidad no tenía elección, mamá –le respondió.

Había mirado la situación desde todos los ángulos posibles y no había podido quedarse con ellos sin dejar a un lado su orgullo, su dignidad y su conciencia de sí misma.

–No –le dijo su madre en tono cariñoso–. Supongo que no, pero a mí me parece, por todo lo que me has contado, que ese hombre te quiere.

Lilah se echó a reír, se sintió mejor. Tenía la sensación de no haber sonreído ni reído desde que se había marchado de California. Vio a Stan detrás de su madre, lo vio inclinarse.

–¡Hola, cielo! Yo en esta ocasión estoy de acuerdo con tu madre. Te quiere. Lo que le ocurre es que está demasiado asustado para admitirlo.

Ella frunció el ceño.

–No hay nada que asuste a Reed.

Stan sonrió y ella tuvo que devolverle la sonrisa. Era imposible no querer a Stan, sobre todo, porque su único deseo era hacer feliz a su madre.

–Cariño, el amor de verdad asusta a todos los hombres –dijo, dándole un beso a su madre–. Salvo a mí. Cuando vi a tu madre por primera vez supe que era ella, la persona que había estado esperando. Cuando uno está solo toda la vida, se aferra al amor en cuanto lo encuentra y no lo deja escapar jamás.

–Oh –dijo su madre, girándose a darle un beso–. Eres un encanto.

–Bueno, os voy a dejar –dijo Stan–, pero no pierdas la esperanza, cariño.

Lilah suspiró y, cuando Stan se hubo marchado, le dijo a su madre:

–Me alegro de que tengas a Stan.

–Yo también –respondió esta–. Aunque le guste ir a ver museos de guerra. También tengo que decir que tu padre fue un hombre increíble, y tuve mucha suerte de tenerlo a mi lado tantos años. Y tengo que confesarte que a tu padre le daba mucho miedo el compromiso, tanto, que rompió conmigo cuando nuestra relación empezó a ponerse seria.

—Eso no me lo habías contado nunca —comentó Lilah sorprendida.

—Porque no había hecho falta hasta ahora. Tu padre cambió de opinión, pero solo después de haberme echado de menos.

Lilah se quedó pensativa.

—Si me necesitas, llámame, cariño. Tomaré el primer vuelo que salga de Heathrow para estar contigo.

Lilah se dio cuenta de lo afortunada que era, con una madre dispuesta a dejarlo todo por ella. A pesar de todo, siempre había tenido estabilidad y amor en su vida, cosas de las que Reed había carecido.

—Gracias, mamá, pero no hace falta. Tengo la tienda, a mis amigos y… todo se arreglará.

—Seguro que sí —le aseguró su madre—. Eres la mejor hija del mundo y te mereces tener un amor de cuento de hadas.

A Lilah se le llenaron los ojos de lágrimas, pero las contuvo.

—Ocurrirá lo que tenga que ocurrir —continuó su madre—. Y, como te ha dicho Stan, no pierdas la esperanza todavía. Apuesto a que cuando tenga tiempo de pensar y de echarte de menos, Reed Hudson se dará cuenta de que la vida sin ti no merece la pena.

***

146

Había sido el mes más largo de toda su vida.

Reed no sabía cómo había podido sobrevivir, pensando en Lilah día y noche, en sus palabras de amor.

Había sido la primera vez que alguien le había dicho que le quería. Y él la había rechazado.

Maldijo, se pasó una mano por el rostro e intentó pensar solo en su trabajo.

–¿Estás bien? –le preguntó Carson Duke en un susurro.

–Sí –le aseguró Reed–, estoy bien. Con la mediación, todo volverá a su ritmo normal.

–La verdad es que lo mejor es que voy a ver a Tia. Tengo la sensación de llevar siglos sin verla.

Reed lo comprendió, a él le ocurría lo mismo con Lilah. Además, los niños no habían dejado de protestar porque la echaban de menos tanto como él. Bueno, Micah protestaba y le pedía que fuesen a Utah a por ella. Rosie solo lloraba. Y Connie aprovechaba cualquier oportunidad para mirarlo mal y comentar lo vacía que estaba la casa sin la risa de Lilah.

Lo estaban castigando por haber hecho lo correcto.

Aquello no tenía sentido.

Pero, si había hecho lo correcto, ¿por qué se sentía tan mal?

–Tia.

Carson se puso en pie de un salto y miró a la mujer que estaba entrando en la habitación con su abogada, Teresa Albright.

Reed conocía bien a Teresa. Era una buena abogada y siempre había sido su amiga, pero aquel día su melena rojiza le recordó a Lilah y le hizo sentirse fatal.

–Carson –respondió Tia mientras se acercaba a la mesa.

La conocida cantante tenía el pelo moreno y los ojos grandes, marrones. Miró a su marido con cariño, sonrió.

–¿Cómo estás?

–Bien –respondió él–. ¿Y tú?

Reed observó el intercambio y sintió la tensión que había en la habitación. Tanto Carson como Tia parecían nerviosos y él agradeció que llegase el juez y todos tuviesen que tomar asiento.

–¿Estamos todos? –preguntó el juez–. Vamos a ponernos en marcha. ¿Qué tal si empezamos con las casas?

La de Hollywood Hills fue para Tia y la de Montana, para Carson. Ninguno de los dos discutió por nada y Reed se preguntó qué hacían allí. Ambos querían colaborar y él no entendía que Tia no hubiese firmado desde el principio la propuesta que le habían hecho.

–Con respecto a la casa de Malibú y su contenido –dijo Teresa–, mi clienta quiere que se la quede el señor Duke.

–No –respondió Carson–. Deberías quedártela tú.

–No, quiero que la tengas tú –replicó Tia.

Tanto Teresa como Reed intentaron hacer callar a sus clientes, ya que sabían por experiencia que era mejor que solo hablasen los abogados.

–A ti te encanta esa casa –dijo Carson.

Tia asintió y se mordió el labio inferior.

–Sí, pero a ti también te encanta, Carson. Construiste con tus manos la barbacoa, y pusiste las baldosas de la terraza.

–Las baldosas de la terraza las pusimos juntos.

Tia sonrió, pero tenía los ojos brillantes.

–Lo recuerdo. No paramos hasta terminar.

–Y después lo celebramos con champán –añadió Carson.

–Nos tumbamos en el patio y vimos una lluvia de estrellas, casi hasta el amanecer –continuó Tia con tristeza.

–Maldita sea, Tia, ¿qué hacemos aquí? –preguntó Carson, poniéndose en pie y plantando ambas manos en la mesa, inclinándose hacia ella–. Yo no quiero esto. Te quiero a ti.

–Carson… –le advirtió Reed.

–No –contestó él, sacudiendo la cabeza–. Te quiero, Tia.

Esta se levantó también, a pesar de que Teresa la estaba agarrando del codo.

–¿Qué?

–Que te quiero. Siempre te he querido y siempre te querré. No sé que hacemos aquí, en esta fea habitación.

–Eh –protestó el juez–, que la acabamos de redecorar.

–No es nuestro sitio –insistió Carson–. Yo prometí amarte y cuidarte toda la vida, y no quiero romper esa promesa, Tia. No quiero separarme de ti.

–Yo tampoco, Carson –dijo ella, sonriendo mientras las lágrimas corrían por su rostro–. Nunca he querido divorciarme. No sé cómo hemos llegado aquí, pero te he echado mucho de menos. Te quiero, Carson, y siempre te querré.

–Sigue casada conmigo, Tia –le pidió él.

–Sí, claro que sí.

–Nos tomaremos un par de años libres, iremos a la casa de Montana, a perdernos juntos. Y, tal vez, a hacer bebés.

Tia sonrió.

–Eso me parece maravilloso. No quiero perderte, Carson.

–No me vas a perder jamás, nena –le aseguró él, acercándose a abrazarla y a besarla.

Reed sintió que estaba viendo una película. Cuando la feliz pareja salió del despacho unos minutos después, tras haberse disculpado por haber hecho perder el tiempo a sus abogados, Reed pensó en todo lo ocurrido. Era la primera vez que un cliente decidía seguir casado y esperaba que Carson y Tia consiguiesen ser felices juntos.

Carson se había arriesgado, había luchado por lo que quería… y había ganado. Tanto Tia como Carson habían ganado.

«Una promesa». Para Carson los votos del matrimonio habían sido eso, una promesa a alguien, la promesa de ser fiel, de estar ahí.

De repente, Reed lo entendió. El matrimonio no era un riesgo si confiabas en la persona con la que te ibas a casar. Se trataba de dar tu palabra y cumplirla. Y él llevaba haciendo aquello toda su vida. Y sabía que Lilah también.

El amor no tenía por qué ser algo malo.

Y su única esperanza en esos momentos era que la mujer a la que quería estuviese dispuesta a escucharlo.

El Bouquet de Lilah estaba creciendo como la espuma. Su nueva gerente, Eileen Cooper, trabajaba muy bien y, a pesar de que Lilah echaba de menos a Spring, la vida continuaba.

Ella se había enterrado en el trabajo y había dejado de pensar en un final feliz con Reed y los niños, por mucho que los echase de menos.

El último mes no había sido sencillo, pero había sobrevivido y sabía que cada día estaba más cerca de olvidarse de Reed. La idea la hizo reírse de sí misma, en realidad, no podía dejar de pensar en él.

Incluso se le había ocurrido comprar una cama nueva, que no le recordase a él.

—Esto es maravilloso —comentó Sue Carpenter, interrumpiendo sus pensamientos.

Estaba apoyada en el mostrador y tenía en la mano un jabón y una loción de los nuevos aromas que Lilah acababa de estrenar.

—¿Brisa de verano? Es un nombre precioso y me encanta el olor. ¡Me hace sentir como si estuviese en la playa!

—Gracias, Sue —le dijo Lilah—. A mí también me gusta. Me hace pensar en el verano.

Y en Laguna, y en la casa en la que vivían sin ella las personas a las que quería.

—Maravilloso –repitió su clienta–. ¿Vas a hacer también velas?

Lilah se obligó a sonreír. Sue era una de sus mejores clientas y le hacía mucha publicidad de la tienda.

—Por supuesto. Las tendré a la venta la semana que viene.

—Pues ya volveré. Ahora quiero un par de velas de limón, y dame también tres de canela –le pidió–. Me gusta regalarlas a mis clientes cuando consigo vender una casa.

—Qué detalle, gracias.

Más publicidad, ya que el nombre de la tienda y la dirección estaban en todos los productos.

Sue se marchó con la compra y Lilah se acercó a ayudar a otra señora.

—No consigo decidirme –le dijo esta, mirando a su alrededor, entonces vio algo y comentó–: Decidido. Uno de esos. Para llevar.

Lilah sonrió y se giró hacia donde miraba la mujer para descubrir que Reed acababa de entrar en la tienda. Cuando la vio, sonrió y a ella se le hizo un nudo en el estómago.

«No te emociones», se advirtió. «O puedes llevarte una gran decepción».

Reed avanzó hacia ella, entre sus clientas, como si no pudiese ver a nadie más. Y Lilah se dio cuenta de que, por primera vez desde que lo conocía, no podía leerle el pensamiento. Así que se puso todavía más nerviosa.

—Estás muy guapa –le dijo él en tono cariñoso–. Te he echado de menos.

—Yo también —respondió ella en voz baja, con la sensación de que estaban los dos solos en la tienda.

El sol de agosto iluminaba la tienda y Lilah se dijo que aquel era el motivo por el que le picaban los ojos. Porque no podía ponerse a llorar y que Reed se diese cuenta de lo mucho que significaba para ella tenerlo allí.

—¿A qué has venido? —le preguntó, al ver que él se limitaba a seguir mirándola y a sonreír.

—A por ti.

Una mujer suspiró ruidosamente.

—¿A por mí? —preguntó ella, diciéndose que no iba a volver a California con él solo porque lo echaba mucho de menos.

No podía. Y no lo haría. Lo quería, pero no iba a sacrificarlo todo por estar con él.

—Reed... —empezó, sacudiendo la cabeza—. No ha cambiado nada. No puedo...

—Te quiero —la interrumpió, mirándola a los ojos.

Lilah se tambaleó.

—Para mí eso es un gran cambio, Lilah. Es la primera vez que digo esas palabras. Nunca había querido decirlas, pero ahora tengo la sensación de no querer parar.

Lilah contuvo la respiración, le dio miedo moverse y romper la magia del momento.

Fue él quien se acercó, le apoyó las manos en los hombros y la agarró con fuerza, como si tuviese miedo a que saliese corriendo.

—He estado pensando mucho en este último mes —continuó Reed, acariciándole los brazos—. De hecho, no he hecho nada más que pensar en ti. En nosotros. Y en lo mucho que te necesito. La verdad es que la casa está vacía sin ti.

–Oh, Reed…

–Hay mucho ruido, pero está vacía –repitió él, sonriendo de medio lado–. Los niños te echan de menos…

–Y yo a ellos –admitió Lilah.

–Y Connie está tan enfadada conmigo que no deja de quemar la cena. A propósito.

Lilah se echó a reír.

–¿Así que te han obligado a venir?

–No. A mí nadie me obliga a hacer nada. He venido porque no quiero seguir viviendo sin ti, Lilah. No creo que pueda soportarlo –le confesó–. Y por fin me he dado cuenta de que no tengo que vivir sin la mujer a la que amo.

–¿Qué me estás diciendo?

–Que por fin lo he entendido. Hace un par de días vi cómo uno de mis clientes decidía no divorciarse porque estaba dispuesto a luchar por lo que quería. Y me di cuenta de que el problema no es que el divorcio sea fácil, sino que un matrimonio lleva mucho trabajo. Para un matrimonio hacen falta dos personas dispuestas a luchar.

–Reed…

–Todavía no he terminado –le dijo él–. En mi familia nadie es trabajador, por eso fracasan todos los matrimonios, pero yo trabajo duro y nunca desisto cuando quiero algo. Y estoy dispuesto a trabajar para que lo nuestro funcione. Lo único que no quiero es vivir sin ti. Ni un día más, Lilah.

Ella tenía el corazón tan acelerado que pensó que se le iba a salir del pecho. Reed le estaba diciendo todo lo que siempre había soñado oír. Lo miró a los ojos y se dio cuenta de que la decisión era suya. Reed había ido a buscarla, le había dicho que la quería, pero cambiar de vida no sería fácil. Tendría que dejar su negocio, su casa.

–Puedes abrir una tienda nueva en Laguna –le sugirió él, como si le hubiese leído el pensamiento–. O mantener esta y venir a Utah una vez al mes para ver cómo va. Ampliaríamos tu minúscula casa, por supuesto. A todos nos encantó venir aquí. Y todos te queremos. Yo te quiero.

Lilah pensó que no se cansaría jamás de oír aquello.

–Te prometo, Lilah, que seré el marido que mereces –añadió Reed–. Te doy mi palabra de que estaré siempre contigo.

–¿Me estás pidiendo que me case contigo? –le preguntó ella, tambaleándose de nuevo.

Reed frunció el ceño.

–¿Todavía no te lo había dicho? Ah, no. Es que te miro a los ojos y ya no sé lo que estaba diciendo –comentó él sonriendo–. Sí, te estoy pidiendo que te cases conmigo.

Se metió la mano en el bolsillo y sacó una pequeña caja de terciopelo negro, la abrió y le ofreció un anillo de diamantes.

–Oh…

Lilah se quedó sin aliento, se le nubló la vista con las lágrimas.

–Cásate conmigo, Lilah. Ven a vivir conmigo. Quiéreme. Dame hijos, que crecerán con Micah y Rosie. Construyamos juntos una familia tan fuerte que nada pueda separarla –le pidió–. Solo necesito que me des una oportunidad, Lilah. Que lo arriesgues todo. Conmigo.

Lilah tomó aire y respondió por fin:

–El amor no es un riesgo, Reed. No cuando es real. No cuando es tan fuerte como el nuestro. Te quiero más que a nada y, sí, me casaré contigo y tendremos hijos juntos. Y te prometo que no nos divorciaremos porque no te dejaré escapar jamás.

Reed suspiró y sonrió.

–Es la mejor noticia que he oído en la vida.

Sacó el anillo y se lo puso en el dedo, después, la abrazó y le dio un beso, prometiéndole en silencio un futuro y una vida llena de amor y risas.

Y todas las clientas aplaudieron a su alrededor.